ひとつの文に秘められた
パラレルストーリー

2つの意味の物語

ささきかつお
Katsuo Sasaki

アイドルの妹は高校生

新星出版社

【2つの意味の物語とは?】

言葉ってタイヘンです。

自分が思っていることを相手に伝えようとしても、表現《ひょうげん》の仕方によっては、違《ちが》う意味に受けとられてしまうことがあるからです。

たとえば、友だち三人がSNSで、こんなメッセージをやりとりしました。

Aさん 《ちょっと遠いけど、うちに遊びにこない?》

Bさん 《いくいく!》

Cさん **《Bさん、なんでいくの?》**

Bさんは傷《きず》ついてしまいました……。

Cさんのメッセージには、2つの意味があるのですが、わかりますか？

ちょっと遠いところに住んでいるAさん。なのでCさんは**「交通手段《しゅだん》は何を使っていくの？」**というつもりで**《Bさん、なんでいくの？》**と質問《しつもん》しました。

ところがBさんは、「なんで、あなたがいくの？（いかなくていいよ）」と受けとってしまったのです。

この**《なんでいくの？》**のように2つの意味がある文を**〃二義文《にぎぶん》〃**といいます。

この本では二義文《にぎぶん》のあとのストーリーが違《ちが》ってくるお話を紹介《しょうかい》していきます。**大きく太文字になっている部分**の考え方で、次のページでは違《ちが》う物語が展開《てんかい》されます。

（どんな話になっていくんだろ？）と想像《そうぞう》しながらページをめくってみてください。

また本作では、みなさんから「オリジナル二義文《にぎぶん》」をご応募《おうぼ》いただき、その中から五つ選《えら》んで物語にしました。そちらもお楽しみください。

参考文献：『ルポ 誰が国語力を殺すのか』石井光太（文藝春秋）

#【もくじ】

…応募二義文

✒…応募二義文

【推《お》しのニュース】

（ミホリン♪　ミホリン♪）

電車に乗っている時、ぼくはスマホで推《お》しのアイドルをチェックしている。

ミホリンは十八歳《さい》。

アイドルグループ「サンシャインアベニュー（略《りゃく》してサンアベ）」二期生のエースとして、新曲のセンターポジションにいる。

ダンスはキレキレ。歌唱力《かしょうりょく》はバツグン。愛嬌《あいきょう》のよさはバラエティ番組でも引《ひ》っ張《ぱ》りだこ。テレビで彼女《かのじょ》を見ない日はない。

そんなミホリンを推《お》して一年以上経《た》つのだけど、彼女《かのじょ》のプライベートはベールに包《つつ》まれている。まあ、アイドルだって自分の生活があるのだから、家族のことや、日常《にちじょう》のあれこれまで知られたくないよね。

でも、やっぱりいろいろ知りたいじゃん――てなわけで、電車の中でサンアベ、ミホリンで検索《けんさく》して、いろいろチェックしてたんだけど……。
かなり驚《おどろ》きの情報《じょうほう》を見つけてしまった。
SNSで拡散《かくさん》されたネットニュース。
笑顔《えがお》のミホリンと、その横にもう一人。
画像《がぞう》の下には、こんな言葉が……。

アイドルの妹は高校生

「えーっ、マジで⁉」

思わず叫《さけ》んでしまった。

意味

アイドルには、高校生の妹がいる

アイドルの妹は高校生——と紹介《しょうかい》されたニュースにはミホリンと、髪型《かみがた》や雰囲気《ふんいき》がよく似《に》た女の子が一緒《いっしょ》に写っていた。

「私《わたし》の妹、カホです。十六歳《さい》の高校一年生です」

妹、きたぁあああ！

さらにニュースは続《つづ》いていた。

「私《わたし》はこの春、高校を卒業《そつぎょう》したんですけど、入れ替《か》わりにカホが高校に入学しました。顔出しはNGですけど、カワイイですよ〜。オフの日には、よく一緒《いっしょ》に出かけて買い物とかしてます」

妹ちゃんも、カワイイに決まってるって。ミホリンの妹なんだし。

この子もサンアベに入ってくれないかなぁ……。

意味

妹はアイドルで、高校生でもある

ニュースには制服姿《せいふくすがた》のミホリンと、若《わか》い男の人が一緒《いっしょ》に写っていた。

この人を知っていた。人気お笑《わら》いコンビ「オースティン」のツッコミ担当《たんとう》だ。

彼《かれ》のコメントに、ぼくは驚《おどろ》いたのだ。

「いつも応援《おうえん》ありがとうございます！　今日はみなさんにお知らせがあります。サンシャインアベニューのミホリン――じつは妹なんです」

よく見れば顔の輪郭《りんかく》や目元がよく似《に》ている。へええ、そうだったんだ。

「**アイドルの妹は高校生**でもあります。芸《げい》能《のう》活動と、勉強の両方を頑張《がんば》っている妹を、兄ちゃんとして応援《おうえん》しています」

兄も妹も芸能界《げいのうかい》で活躍《かつやく》してるなんてスゴイなあ。

【メガネの子】

塾《じゅく》の休み時間、女子グループの恋《こい》バナがはじまっていた。

「このクラスだったら、私《わたし》は長尾《ながお》くんがいいと思う」

「私《わたし》は関谷《せきや》くんかな」

女の子たちは、いくつかの男子グループを見ながら、こそこそ話す。

「ハルカはどうなの？」

「え〜、私《わたし》は……」

自分にふられて、ハルカはドキドキする。

「ハルカは秋元《あきもと》くんでしょ」

「ちょっとぉ。ミツキちゃん、やめてよぉ」

仲良《なかよ》しのミツキに言い当てられて、ハルカの顔が赤くなる。

「うーん。たしかに秋元くん、背《せ》が高くて、かっこいいかも」

「どんな女の子がタイプなのかなあ？」

ほかの子も秋元くんに興味《きょうみ》をもちはじめたようだ。

「直接《ちょくせつ》聞いてみるわ」

行動力のあるミツキが、離《はな》れたところにいた秋元くんたちのグループに近寄《よ》って、彼《かれ》らに話しかけた。

そして、戻《もど》ってきたミツキが、「ねえハルカ」と笑《わら》いかける。


「メガネをかけた子が好《す》きだって言ってるよ」

意味

彼《かれ》の好《す》きなタイプは「メガネをかけた子」

「メガネをかけた子が好《す》きだって言ってるよ」

ミツキの言葉に、女の子たちは「え～っ」と声をあげてハルカを見た。

「えっ、えっ……」とハルカはあわてる。

この女子グループの中でメガネをかけているのは、彼女《かのじょ》だけだった。

「でもぉ、メガネをかけた子は、私以外《わたしいがい》にたくさんいるし」

「と思うでしょ。でも、このクラスでメガネ女子は……ハルカだけだよ」

ミツキが教室を見回し、自信《じしん》たっぷりに言う。

「てことは、ハルカ。チャンスじゃん」

「応援《おうえん》するよ」

「えええ……」と、ハルカはますます顔を赤くしていくのだった。

意味

メガネ男子が「あなたのことが好《す》きだ」って言ってる

「ねえ、ハルカ」

女子グループのところに戻《もど》ってきたミツキが、ハルカに笑《わら》いかける。

「**メガネをかけた子が好《す》きだって言ってるよ**」

ミツキの言葉に、女の子たちは「え～っ」と声をあげてハルカを見た。

「えっ、えっ……」とハルカはあわてる。

「好《す》きなタイプを秋元くんだけに聞くのも変《へん》だから、あのグループの男子全員に聞いてみたのよ。そしたら、名前は知らないんだけど、メガネの男の子が、ハルカのこと好《す》きだって」

「そんなこと言われたら……」

気になっちゃうじゃん――と動揺《どうよう》するハルカだった。

【メガネ男子のウワサ】

「メガネをかけた子が好《す》きだって言ってるよ」

友だちのミツキからの情報《じょうほう》で、塾《じゅく》のメガネ男子くんの気持ちがわかってしまったハルカだったが、「好《す》き」なんて言われるとはずかしくて……。

「ハルカはどうなの？　彼《かれ》のこと」

「う～ん。悪くはないと思うけど……あのメガネは、どうかなあって」

「あ～、メガネのセンスはないかもねぇ……。でもさあ、けっこうかっこいいし、つき合っちゃえばいいじゃん」

「ミツキちゃんは気軽に言うけど、一度も話したことないし」

「しょうがないなあ。じゃあ、どんな子なのか情報《じょうほう》を集めてあげる。たまちゃんも手伝《てつだ》ってよ」

二義文提供：あい

「もちろん。クラスは違《ちが》うけど、私《わたし》、彼《かれ》と同じ学校だし」
ということで、メガネ男子くんのことをみんなが調べてくれることになった。

——ありがたいけど、それもどうなの？

ハルカは戸《と》惑《まど》うが、友だちはノリノリになっていた。

そして次の塾《じゅく》の日。

塾友《じゅくとも》から、こんな情報《じょうほう》を教えてもらった。

「メガネを必死《ひっし》にさがしてた」

意味

メガネ屋で新しいメガネをさがしてた

「今日、塾《じゅく》にくる前に彼《かれ》を見たの」と話してくれたのは、ミツキだ。

「駅ビルのメガネ屋さんで、**メガネを必死《ひっし》にさがしてた**」

「なんで必死《ひっし》にさがしてたってわかるの？」

「それがね……」と、ミツキが笑《わら》う。

「じつはおとといの塾《じゅく》の授業《じゅぎょう》のあと、駅のホームで会ったのよ。いい機会《きかい》だから、前にハルカが言ってた彼《かれ》のメガネの話をしたの。そしたら気になったんじゃない？　何度も何度も店員さんに質問《しつもん》しながら、新しいのを買ったみたいよ……ほら」

教室に入ってきた彼《かれ》をみんなが見る。

そのメガネ、似合《にあ》ってるじゃんとハルカは思った。

意味

なくしてしまったメガネをさがしてた

「今日、学校であった話なんだけどね」

もう一人の塾友《じゅくとも》、たまちゃんが話してくれる。

彼女《かのじょ》はメガネ男子くんと同じ学校に通っている。

「昼休みに、彼《かれ》の教室をのぞきにいったのよ。そしたら彼《かれ》が『メガネがない。メガネがない』って**メガネを必死《ひっし》にさがしてた**」

「なくしたってこと？」

「と、思うでしょ？」

たまちゃんが笑《わら》う。

「でもじつは頭にメガネをかけてたのを忘《わす》れて、なくしたと思って騒《さわ》いでたのよ」

「………」

どうやら彼《かれ》は天然《てんねん》キャラのようだった。

【犬小屋と兄妹《きょうだい》】

兄は小学二年生、妹は幼稚園《ようちえん》の年長組。

兄妹は、いつも二人で仲良《なかよ》く遊んでいる。

ただ、その遊び方にクセがありすぎて、お母さんは手を焼《や》いていた。

彼《かれ》らの住む家は二階建《にかいだ》ての一軒家《いっけんや》で、芝生《しばふ》の庭がついている。

「芝生《しばふ》に穴《あな》を掘《ほ》らないでっ！」

お母さんが叱《しか》っている。

どうやら兄妹は、お父さんの趣味《しゅみ》であるゴルフのマネで、グリーンに見立てた家の芝生《しばふ》に、ボールを入れる穴《あな》を掘《ほ》っていたようだ。

こんな風に、家のあれこれが兄妹の遊びによってイタズラされていることに、お母さんは困《こま》り果《は》てていたのだ。

ある秋の雨の日。

さすがに庭に出て遊ぶことはないから、お母さんも安心していたが、室内で何かをやらかす可能性《かのうせい》はおおいにある。

でも買い物にはいかねばならず、「すぐ帰ってくるから、おとなしくゲームとかして遊んでるのよ」と言い聞かせて出かけた。

数十分後、「ただいま〜」と買い物から帰ってきたお母さんは、盛《も》り上がっている兄妹を見て、思わず叫《さけ》んだ。


「犬小屋で遊ばないでっ！」

そう、この家では犬を飼《か》っており、リビングには犬小屋があったのだが……。

意味

犬小屋の中で遊ばないでっ！

「ただいま〜」

お母さんが言ったが、兄妹の姿《すがた》が見当たらない。

ゴールデンレトリバーのポカが、困《こま》った顔で駆《か》け寄《よ》ってきた。

「ポカ、どうしたの？」

様子のおかしい犬を見て、お母さんはあることに気づいた。

リビングにある大きな犬小屋の中から、キャッキャキャッと盛《も》り上がっている声。

「**犬小屋で遊ばないでっ！**」と思わずお母さんは叫《さけ》んだ。

兄妹は、先日家族で出かけたキャンプが楽しかったので、大きな犬小屋をテント代わりにして遊んでいたのだ。

「ポカのおうちは、テントじゃないのよ！」

意味

犬小屋を使って遊ばないでっ！

「ただいま〜」

帰ってきたお母さんは、すぐに異変《いへん》に気づいた。

チワワのチャチャが、困《こま》った顔で駆《か》け寄《よ》ってくる。リビングからは、奇妙《きみょう》な声が聞こえてきた。

「ワッショイ！」

「ワッショイ！」

兄妹は、チャチャの小さな犬小屋を持って、リビングを練り歩いていたのだ。

「**犬小屋で遊ばないでっ！**」と思わずお母さんは叫《さけ》んだ。

先日の秋祭りが楽しかったので、犬小屋で再現《さいげん》していたようだ。

「チャチャのおうちは、お神輿《みこし》じゃないのよ！」

【初《はじ》めての渋谷《しぶや》】

四月×日。

今日からぼくは、東京で新生活をはじめた。

新幹線《しんかんせん》に乗って四時間――あこがれの大都会はキラキラしたところで、いつか暮《く》らしてみたいと思っていた。

進学先を決める時、両親に「東京の大学にいきたい」と告《つ》げた。卒業《そつぎょう》したら故郷《こきょう》に戻《もど》るから、それまで東京で生活してみたいと。

両親はぼくの希望《きぼう》を受け入れてくれて、それからぼくはたくさん勉強して、試験《しけん》に合格《ごうかく》したのだった。

引《ひ》っ越《こ》しの荷物は少なかったので、すぐに片《かた》づいた。

ぼくはさっそく町に出かける。

渋谷《しぶや》だ。

修学《しゅうがく》旅行のグループ行動で銀座《ぎんざ》、秋葉原、浅草《あさくさ》にはいったのだが、渋谷《しぶや》にはいく機会《きかい》がなかった。

そこで東京にきたら、まず最初《さいしょ》に渋谷《しぶや》にいきたいと思っていたのだ。ファッションやカルチャーの最先端《さいせんたん》の街《まち》。東京を代表するキラキラした街《まち》。それを自分の目で、直接《ちょくせつ》見てみたい。

電車に乗って二十分、迷路《めいろ》のような駅をぬけ出して、ぼくは渋谷《しぶや》のスクランブル交差点《こうさてん》にたどり着いた。そこには……、

すごい人がいた。

意味

たくさん人がいた！

――わあ！

駅を出ると、テレビでよく見る景色《けしき》が現《あらわ》れた。

道玄坂《どうげんざか》の方に有名なファッションビル。交差点《こうさてん》の角にはビルが並《なら》び、巨大《きょだい》な液晶《えきしょう》スクリーンが広告《こうこく》を流している。

そして何より……、**すごい人がいた。**

歩行者信号《しんごう》が赤になると、横断《おうだん》歩道の前に何十人、何百人の人がたまりはじめる。信号《しんごう》が青になると、たまっていた人たちがいっせいに歩きだす。

どうしてぶつかることなく歩くことができるのだろう？

しばらくの間、ぼくは交差点《こうさてん》を行き来する人をながめていた。

意味

とても目立つ人がいた！

テレビでよく見ていた、渋谷《しぶや》のスクランブル交差点《こうさてん》。

人の多さはわかっていた。ライブ配信《はいしん》で、多くの人が、ぶつかることなく交差点《こうさてん》を行き来している様子も見ていたから。

でも、初《はじ》めての場所で、ぼくはさらに驚《おどろ》くべき光景《こうけい》を見たのだ。

信号《しんごう》が青になって、人びとが渡《わた》りはじめたとたん……、**すごい人がいた。**

交差点《こうさてん》の中央にササッと走っていくと、その人はクルクルと踊《おど》りはじめたのだ。

——わあ、すごい！

ぼくは心の中で叫《さけ》んでいた。

よく見ると、その様子をスマホで撮影《さつえい》している人もいた。交差点《こうさてん》で踊《おど》る姿《すがた》をSNSに上げているのだと、あとで知った。

【友だちの代理】

「お願《ねが》いがあるの」

親友のすみれちゃんが、すまなそうな顔で私《わたし》に相談してきた。

「なあに？」

「あのね、じつは今週末《まつ》に市内の中学生が集まって話し合うイベントがあるんだけど、私《わたし》、いけなくなっちゃって……代わりに陽子《ようこ》ちゃんに出てほしいの」

すみれちゃんがディベート部に入っているのは知ってたけど。

「先輩《せんぱい》とか、ほかにいるでしょ」

「部の人たちは、ほかの大会に出ることが決まっててね。ほかに頼《たの》める人がいないのよ」

「欠席《けっせき》すればいいんじゃない？」

「そうもいかなくてね。参加《さんか》人数が五人で少数だから、欠席《けっせき》するなら、ほかの人を代理に立ててほしいって」

「やったことないから、無理《むり》だよ」

私《わたし》が断《ことわ》ろうとしても、すみれちゃんはあきらめない。

「陽子ちゃんなら、いけるって」

「いやいやいや、ホント、無理《むり》だって。何話せばいいか、わからないもん」

「大丈夫《だいじょうぶ》だよぉ——これを見て」

そう言って、すみれちゃんは私《わたし》にイベントのチラシを見せた。

《話すテーマは自由です》

意味

なんでも自由に話してOK

イベント当日。

すみれちゃんの代理として、私《わたし》は参加《さんか》していた。

まわりには、ほかの中学からきた生徒《せいと》たちが座《すわ》っている。

「では、はじめたいと思います」

司会《しかい》の人が話しはじめると、ドキドキしてきた。

でも、《**話すテーマは自由です**》って聞いてきたから、なんとかなるかな……。

集まった五人は同じ学年だった。好《す》きなアイドルとか、将来《しょうらい》の夢《ゆめ》とか、それぞれが話したいテーマで自由に話すことができたからなんとかなった。

私《わたし》も、「ハマっているスイーツ」について話したら、盛《も》り上がって楽しかった。

意味

「自由」について話す

イベント当日。

すみれちゃんの代理として、私《わたし》は参加《さんか》していた。

「それでは、市内の中学生のみなさんによる、話し合いをはじめたいと思います。テーマですが、お伝《つた》えしていた……これです」

司会《しかい》の人が、ホワイトボードを指し示《しめ》す。

そこには「自由について」と書かれてあって……え？

すみれちゃんから《**話すテーマは自由です**》って聞いていたから、なんとかなるかなと思って参加《さんか》したのに。「自由」について自分の意見を述《の》べるってこと？

「自由について、どう思いますか？」

「えええ……」

【最《さい》新《しん》型《がた》ＡＩロボット】

飯田橋博士《いいだばしはかせ》のチームが開発したＡＩロボット「ＰＪ４０１」は、世界中のネットワークとつながることができ、常《つね》に新しい情報《じょうほう》を提供《ていきょう》してくれる。

発売当初《とうしょ》は高額《こうがく》だったが、最近《さいきん》は格安《かくやす》なタイプも販売《はんばい》されているので、ロボットに興味《きょうみ》をもった小学生たちは、お年玉などをためて、自分のために購入《こうにゅう》しているのだった。

「ただいまぁ！」

学校から帰ってきた少年は、さっそく昨日《きのう》買ったＡＩロボット「ＰＪ４０１」に話しかける。

「オカエリナサイ」

少年の声に反応《はんのう》したロボットは起動し、返事をする。

「ねえ、ＰＪ４０１。これから友だちの家に遊びにいくん

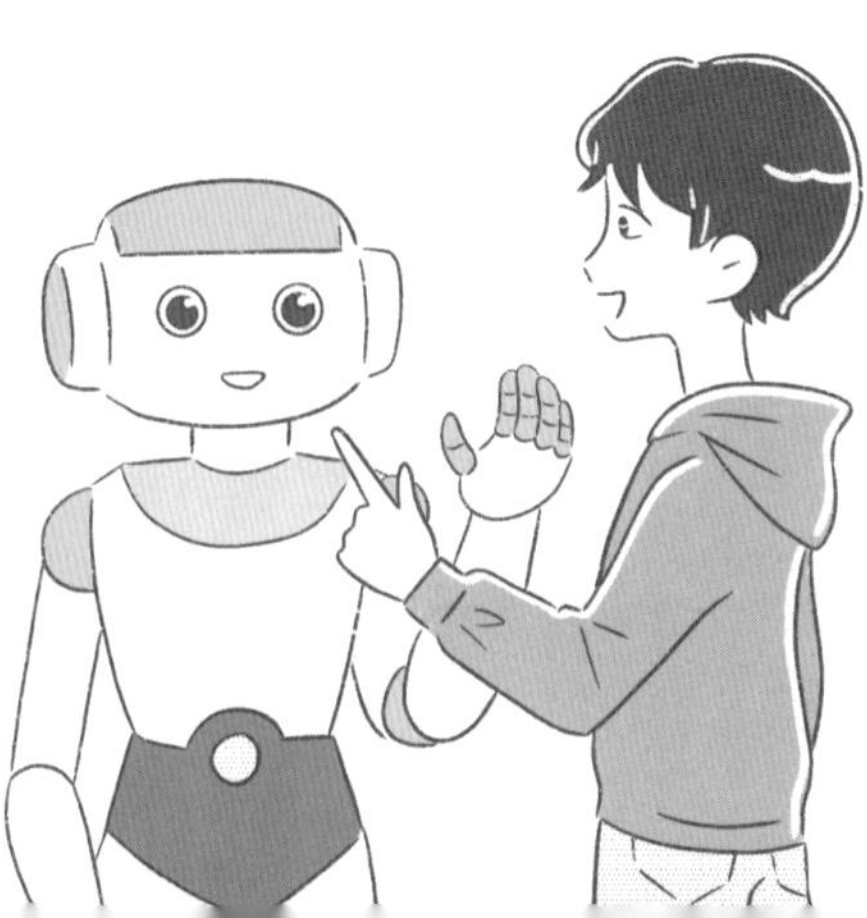

だけど、天気が心配なんだよね。ちょっと雲が多くなってるようだし――
このあとの天気を教えてよ」
「カシコマリマシタ。……コノアトノ、テンキハ、クモリデス。アメガ、
フルコトハ、ナイデショウ」
「サンキュー。それとＰＪ４０１。お願《ねが》いなんだけど、今日の宿題を置《お》い
ておくから、ぜんぶやっといて」
「カシコマリマシタ」
ＡＩロボット「ＰＪ４０１」は、少年のために

適《てき》当《とう》な答えを与《あた》えたのだった。

意味

最適《さいてき》の答えをくれる

「ただいまぁ！　雨はふらなかったよ。それで、宿題はできてる？」

ノートをひらく。

「え、やってない問題があるじゃん。どうしてだよ！」

文句《もんく》を言う少年に、ＰＪ４０１は答える。

「ジブンデ、ヤッタホウガ、イイモンダイガ、アリマシタ。ワタシモ、オテツダイシマス。イッショニ、ヤリマショウ」

宿題をスキャンしたＰＪ４０１は、少年が苦手な問題、間違《まちが》えやすい問題だけは自分でやるのが一番いいと判断《はんだん》したのだ。

「わかったよ……」

そう、ＰＪ４０１は少年のために**適当《てきとう》な答えを与《あた》えたのだった。**

意味

いい加減《かげん》で、テキトーな答え

「ただいま……どういうことだよ！　どしゃぶりだったぞ！」

　ずぶ濡《ぬ》れになって帰ってきた少年が、ロボットに文句《もんく》を言う。

「ハズレルコトモ、アリマス」

「ひどいなあ……あ、宿題はできてる？」

　ノートをひらく。

「おっ、ぜんぶできてんじゃん。さすがだな」

　だが、少年は翌日《よくじつ》、学校の先生に怒《おこ》られることになる。ロボットの解答《かいとう》はすべて不《ふ》正解《せいかい》で、いい加減《かげん》な答えだったのだ。

　そう、ロボットは**適当《てきとう》な答えを与《あた》えたのだった。**

　あとでわかったのだが、ロボットは「D、、I401」というニセモノだった。

【直前講習《こうしゅう》】

「あと一週間だね」

「緊張《きんちょう》する～」

「風邪《かぜ》引かないように、気をつけなきゃね」

塾《じゅく》の教室で、生徒《せいと》たちは落ち着かない様子だ。それもそのはず、一月の下旬《げじゅん》となり、中学受験《じゅけん》の本番が近づいているのだった。

彼《かれ》らは「私立《しりつ》進学クラス」にいる。

小学校四年生から塾《じゅく》に通いはじめ、今まで受験《じゅけん》勉強をしてきた。

そして本番まであと一週間。塾《じゅく》では恒例《こうれい》の「直前講習《こうしゅう》」がおこなわれることになっていた。塾長《じゅくちょう》みずから授業《じゅぎょう》をするのだ。

チャイムが鳴って、彼《かれ》らは席《せき》に着く。

廊下《ろうか》から「よいしょ、よいしょ」と塾長《じゅくちょう》の声が聞こえてくる。教室の前で「ドアをあけてくれるかな～」と呼《よ》びかける。

ドアに一番近い生徒《せいと》があけると、教室にいる全員が驚《おどろ》いた。

塾長《じゅくちょう》は、たくさんのテキストを抱《かか》えて教室に入ってきたのだ。

「さぁ～て、みなさんにお話があります。試験本番が近づいてきて、不安《ふあん》そうな顔をしてるけど……」

抱《かか》えていたテキストを教卓《きょうたく》にドンと置《お》くと、こう言った。


「これだけやったら大丈夫《だいじょうぶ》！」

どういうことだろう？

意味

このテキストだけやったらOK！

——なんだろう？

生徒《せいと》たちが、不思議《ふしぎ》そうな顔をしていると、

「ふふふ……これですよ。これ」

塾長《じゅくちょう》はテキストを手にして、みんなに見せる。

「我《わ》が塾《じゅく》の最終兵器《さいしゅうへいき》——スペシャル予想問題です」

おおお！　とみんなが食い入るように見る。

「試験《しけん》の直前講習《こうしゅう》では、本番で出そうな問題を塾《じゅく》の先生たちが作るんです。的中率《てきちゅうりつ》は八十パーセント！　**これだけやったら大丈夫《だいじょうぶ》！**」

そう言って塾長《じゅくちょう》は、テキストを一冊《いっさつ》ずつ配りはじめる。

受け取った生徒《せいと》たちは自信《じしん》をもっていくのだった。

意味

これだけのテキストをやってきたんだよ!

――なんだろう?

生徒《せいと》たちが、不思議《ふしぎ》そうな顔をしていると、

「これだけやったら大丈夫《だいじょうぶ》!」

そう言って、塾長《じゅくちょう》は教壇《きょうだん》に積《つ》まれたテキストを、みんなに見せる。

「この教室にいるみなさんは、四年生の時から、こんなにたくさんのテキストをやってきたんですよ」

見せていたのは、三年分のテキストだ。

こんなにたくさん……と、誰《だれ》もが驚《おどろ》いていた。

「だからぜったい大丈夫《だいじょうぶ》!」

励《はげ》まされた生徒《せいと》たちの顔は自信《じしん》に満《み》ちていくのだった。

【隣《となり》の席《せき》の会話】

私《わたし》の、ちょっと変わった趣味《しゅみ》を紹介《しょうかい》しましょう。

それは、カフェにいきまして……。

——え？　変《か》わった趣味《しゅみ》じゃないって？

まあ、そうですね。カフェは多くの人が利用《りよう》するものですし、カフェめぐりを趣味《しゅみ》にしている人もいるでしょう。

でもね、私《わたし》の趣味《しゅみ》は、ここからが大事でしてね。

一人の客としてカフェの席についていて、コーヒーなんかを注文しましてね。

それで、近くに座《すわ》っている人たちの会話を聞くのが趣味《しゅみ》なんです。

たとえば、カップルがすぐうしろに座《すわ》っていて、別《わか》れ話をしているのが聞こえてくるんです。男性《だんせい》が浮気《うわき》したとのことで、女性《じょせい》の方がすごく怒《おこ》ってる。ドラマや映画《えいが》とかでは見るシーンかもしれませんが、リアルな話に

ハラハラですよ。

また逆《ぎゃく》に、若《わか》い男の子が、女の子に告白《こくはく》しているなんて場面にも遭遇《そうぐう》したことがありましたね。結果《けっか》は成功《せいこう》。私《わたし》も「よっしゃ！」って一緒《いっしょ》によろこびましたよ。

で、ついこないだ、ちょっと変《か》わった会話を耳にしましたもので、その話をみなさんにご紹介《しょうかい》したいと思います。

うしろの席《せき》で、若《わか》い女性《じょせい》二人が会話していたんです。

その一人が、こんなことを言いました。


「やっと髪《かみ》切ったんだ」


これがまあ、思っていたのと違《ちが》いましてね。

どんな話だと思いますか？

意味

伸《の》ばしていた長い髪《かみ》を、やっと切ることができた

私《わたし》はちらりと彼女《かのじょ》たちを見ました。

若《わか》い女性《じょせい》が二人で、一人は肩《かた》まである髪《かみ》、もう一人はボブでした。

となると、切ったのはボブの方だと思いました。

「**やっと髪《かみ》切ったんだ**」

「バッサリいったよね」

そのあと、私《わたし》はあることに気づいて驚《おどろ》きました。切ったと言っていたのは、髪《かみ》が長い方の女性《じょせい》だったのです。

同時に、彼女《かのじょ》たちの会話から「ヘアドネーション」という言葉を知りました。病気などで髪《かみ》を失《うしな》った人に、自分の髪《かみ》を提供《ていきょう》する活動のことです。

彼女《かのじょ》は、腰《こし》あたりまで伸《の》ばしていた長い髪《かみ》を切ったそうです。

意味

やっとお客さんの髪《かみ》を切ることを許《ゆる》された

私《わたし》はちらりと彼女《かのじょ》たちを見ました。

若《わか》い女性《じょせい》が二人――二人とも長くて、きれいな髪《かみ》だなあと。

「やっと髪《かみ》切ったんだ」

「よかったね。認《みと》められて」

――ん？

と私《わたし》は思いました。認《みと》められて、やっと髪《かみ》を切るって、どういうことかなと。

不思議《ふしぎ》に思っていましたが、次の話で判《はん》明《めい》したのです。

「店長がきびしい人だから、ずいぶん時間がかかったけど、頑張《がんば》ってきてよかった」

ああ、と私《わたし》は納得《なっとく》しました。

彼女《かのじょ》は美容師《びようし》さんで、お客さんの髪《かみ》を切ることを許《ゆる》されたんだと。

【ペットOKの部屋】

二十五歳《さい》で、初《はじ》めて一人暮《ひとりぐ》らしをすることにした。

友だちの多くは、大学進学で上京したとか、社会人になって配属《はいぞく》先が地方だったとか、そういう理由で一人暮《ひとりぐ》らしをはじめていた。

私《わたし》はというと、実家の居心地《いごこち》がいいし、両親も何も言わなかったから、就職《しゅうしょく》してもずっとそのままだった。

でも社会人三年目——そろそろ自分の力で生活しなきゃ、と思ったのだ。

「こちらのお部屋ですが、１Kで、バストイレは別《べつ》になってます」

「家賃《やちん》は、いくらですか」

「一か月八万四千円、共益費《きょうえきひ》は五千円です」

「合わせて八万九千円……ですかあ」

「この広さにしては少々家賃《やちん》は高めかもしれませんが、駅から徒歩《とほ》五分、インターネットも完備《かんび》されてますので」

「ですよねえ」

月給《げっきゅう》が二十万円ちょっとの私《わたし》には、少しキツいかなあと思った。

でもこの部屋、ほかの物件《ぶっけん》とは大きくことなる点があった。

「ペットＯＫですので」

「それって、いいですよねえ」

というわけで、私《わたし》はその部屋を借《か》りた。そして……、

私《わたし》が好《す》きなネコと暮《く》らすことにした。

意味

私《わたし》はネコが好《す》き

家賃《やちん》が一か月九万円近くする部屋で、私《わたし》は一人暮《ひとりぐ》らしをはじめた。

「ただいまあ」

仕事を終えて帰ってくると、「ニャア」と部屋からやってくる。

「ちゃんと、お留守番《るすばん》してた？」

「ニャア」

スリスリしてくれる――本当に幸せ！ **私《わたし》が好《す》きなネコと暮《く》らすことにした。**

子どもの時からネコが大好《だいす》きだったけれど、実家ではお父さんと妹がネコアレルギーだったから、飼《か》えなかったのだ。一人暮《ひとりぐ》らしをはじめた理由は、ネコと暮《く》らすためでもあった。

抱《だ》き上げて、私《わたし》もネコにスリスリした。

意味

私《わたし》のことが好《す》きなネコ

家賃《やちん》が一か月九万円近くする部屋で、私《わたし》は一人暮《ひとりぐ》らしをはじめた。

「チョコ〜、ただいまあ」

仕事を終えて帰ってくると、チョコが「ニャア」と足にスリスリしてくる。

チョコは三歳《さい》の黒ネコ、実家から連《つ》れてきた。

一人暮《ひとりぐ》らしをはじめようと思ったけれど、誰《だれ》もいない部屋に帰るのはさびしいなあと思った。それでペットOKの部屋を選《えら》んだ。

実家では五匹《ひき》のネコを飼《か》っていて、その中で、チョコは私《わたし》にだけなついていた。それで、**私《わたし》が好《す》きなネコと暮《く》らすことにした。**

チョコのおかげで、さびしさを感じることなく過《す》ごせている。

【同《どう》姓《せい》同名？】

塾《じゅく》にいこうって決めたのは、もうちょっと頑張《がんば》ればもう一ランク上の中学に入れると思ったから。

隣町《となりまち》の学校がいいと思った。制《せい》服《ふく》もかわいいし、雰囲気《ふんいき》も明るいし、ひどい成績《せいせき》をとらなければ、そのまま大学までいけるし。

でも今の成績《せいせき》のままでは合格《ごうかく》できないので、塾《じゅく》に通うことにした。生まれて初《はじ》めて塾《じゅく》にいくので、ちょっとドキドキしていた。ほかの学校の生徒《せいと》も大勢《おおぜい》通っているのだ。入学式のような緊張感《きんちょうかん》があった。

塾《じゅく》に入るとボードに案内板《あんないばん》。私《わたし》は「私立《しりつ》進学Aクラス」だから、二〇一教室だ。階段《かいだん》を上がって教室に入ると、たくさんの生徒《せいと》がいた。

知ってる顔はいないなあ、と教室をキョロキョロしていたら、時間になって先生が入ってくる。

「出欠《しゅっけつ》をとりますね。呼《よ》ばれた人は手を挙《あ》げて返事をしてください」

五十音順《じゅん》に名前が呼《よ》ばれ、教室にいる生徒《せいと》たちが次々に手を挙《あ》げる。

私《わたし》は「か行」だから、もうすぐだろうと待っていると、

「加賀美鈴《かがみすず》さん」

と名前が呼《よ》ばれたんだけど、

「はい」と、横にいた女の子も手を挙《あ》げて……。

え、同じ名前なの？

意味

苗字《みょうじ》が「加賀《かが》」で
名前が「美鈴《みすず》」

意味

苗字《みょうじ》が「加賀美《かがみ》」で
名前が「鈴《すず》」

私《わたし》が入った「私立《しりつ》進学Aクラス」には、二十人くらいの生徒《せいと》がいた。

教室に入ってきた先生は、出欠確認《しゅっけつかくにん》で一人ずつ名前を呼《よ》んでいく。私《わたし》も自分の名前が呼《よ》ばれたから手を挙《あ》げたんだけど、横にいた女の子も「はい」と手を挙《あ》げたから、えっ、となった。

その子も、（えっ）という顔で私《わたし》を見てる……。

「あ、そうか……すみません、呼《よ》び方をなおします。加賀《かが》さん、**加賀美鈴《かがみすず》さん**」

と、先生が私《わたし》の名前を呼《よ》んだ。

「は、はい」と私《わたし》はあらためて手を挙《あ》げて答える。

すると、隣《となり》の女の子は（へええ……）と、驚《おどろ》いた顔をしている。

どういうこと？


自分の名前を呼《よ》ばれ、私《わたし》は手を挙《あ》げて返事をした。

同時に、横にいた女の子も「はい」と手を挙げたから、驚《おどろ》いた。その子も、（えっ）という顔で私《わたし》を見てる……。

「あ、そうか……すみません、呼《よ》び方をなおします。加賀《かが》さん、加賀美鈴《かがみすず》さん」

「は、はい」と、その子が手を挙《あ》げて答える。

へええ……と私《わたし》は思った。同姓《どうせい》同名かと思ったけど、違《ちが》ったのだ。

続《つづ》けて先生が「加賀美《かがみ》さん、**加賀美鈴《かがみすず》さん**」と私《わたし》の名前を呼《よ》んだので、今度はその子が（へええ……）という顔で私《わたし》を見た。

こんなことあるんだーって、私《わたし》たちはすぐ意気投合した。

それから「美鈴《みすず》ちゃん」「鈴《すず》ちゃん」って呼《よ》び合う友だちになったんだよね。

【校内放送】

うちの小学校は、どの学年も三クラスあって、全校集会なんかでは五百人以上が校庭に集まることになる。

ぼくのクラスは六年一組。担任《たんにん》は今野《こんの》先生。学生時代は体操部《たいそうぶ》だったので、体育の授業《じゅぎょう》でたまにバク転を見せてくれる。

二組は伊藤《いとう》先生。音楽が得意《とくい》でいろんな楽器《がっき》を演奏《えんそう》できる。バイオリンを聞かせてくれることもあるらしい。

三組は小暮《こぐれ》先生。話がおもしろいことで人気だ。


ある日のこと。

伊藤《いとう》先生が風邪《かぜ》でお休みになったと、仲良《なかよ》しの二組の子が休み時間に教えてくれた。

授業《じゅぎょう》はどうなるのと聞いたら、教頭先生とか、ほかの先生が代わりに教えにきてくれてるんだって。次はどの先生がくるんだろって、おもしろがってた。

給食《きゅうしょく》も終わって昼休み、ぼくたち一組の五時間目は体育だから準備《じゅんび》をしようと思っていたら、ピンポンパンポーンって音。校内放送だ。

「えー」

この声だけで、担任《たんにん》の今野先生だとわかった。

でも、次のアナウンスで、ぼくたちは「?」となる。

「六年生は、三組をのぞいて体育館にきてください」

意味

三組以外《いがい》の、二組は体育館に

校内放送で、担任《たんにん》の今野先生のアナウンス。

「**六年生は、三組をのぞいて体育館にきてください**」

——どういうこと?

ぼくたちが戸惑《とまど》っていると、「あ……」と、今野先生のアナウンスが続《つづ》いた。

「わかりづらかったかな? ええと、六年三組以外《いがい》ってことです。二組は今日だけ六時間目の体育を五時間目に変更《へんこう》します」

ああなるほど、そうなんだと、ぼくたちは納得《なっとく》する。

二組の体育は、お休みの伊藤《いとう》先生に代わって今野先生がやるから、一組と合同で授業《じゅぎょう》をおこなうってわけだ。

授業《じゅぎょう》で、今野先生はバク転を披露《ひろう》してくれて、二組のみんなもよろこんでた。

意味

3組の教室をのぞいてから体育館に

「六年生は、三組をのぞいて体育館にきてください」と、今野先生が告《つ》げる。

一組の五時間目の授業《じゅぎょう》は体育だった。担《たん》任《にん》の伊藤《いとう》先生がお休みになった二組も、時《じ》間割《かんわり》を変更《へんこう》して五時間目が体育になり、今野先生が一組と二組を合同で授業《じゅぎょう》することは知っていたんだけど……。

今野先生のアナウンスが続《つづ》く。

「今、六年三組でおもしろいことをやっているから、六年生は三組の教室をのぞいてから体育館にきてください」

ぼくたちが三組の教室をのぞくと、着物をきた小暮《こぐれ》先生が落語を披露《ひろう》していた。三組のみんなは大笑《わら》いしてる。

小暮《こぐれ》先生は学生時代、落語研究会にいたんだって。

【扉《とびら》の向こう】

異世界紀《いせかいき》325年。

ナイラ国には再《ふたた》び苦難《くなん》が訪《おとず》れていた。

国を襲《おそ》った魔物《まもの》チンプーは勇者《ゆうしゃ》によって倒《たお》されたが、城《しろ》が悪霊《あくりょう》に支配《しはい》されそうになっていた。

魔術師《まじゅつし》が王の部屋に結界《けっかい》を張《は》り、王家だけはなんとか守ることができていたが、悪霊《あくりょう》は兵士《へいし》や家来を次々と消し去っていく。魔術師《まじゅつし》の力だけではこれ以上《いじょう》どうにもできず……。

「どうにかならんものか。このままでは王家が滅《ほろ》ぶのも時間の問題だ」

あせりを隠《かく》せないでいる王様に、魔術師《まじゅつし》が答える。

「悪霊《あくりょう》を追い払《はら》える賢者《けんじゃ》を、召喚《しょうかん》いたしましょう」

「うむ。もはや彼《かれ》に頼《たよ》るほかあるまい」

しばらくして、魔法陣《まほうじん》から賢者《けんじゃ》が召喚《しょうかん》された。

「ご安心ください。私《わたし》が悪霊《あくりょう》を追い払《はら》ってみせましょう」

「任《まか》せたぞ。だが、油断《ゆだん》はならん。この城《しろ》に棲《す》む悪霊《あくりょう》は神出鬼没《しんしゅつきぼつ》――どこかに現《あらわ》れたかと思うと、すぐに姿《すがた》を消してしまうのだ。心してかかれ」

「はっ、承知《しょうち》いたしました」

賢者《けんじゃ》は城内《じょうない》を歩き回り、悪霊《あくりょう》が現《あらわ》れそうな部屋をさがしていた。すると扉《とびら》に貼《は》り紙《がみ》が……悪霊《あくりょう》からのメッセージなのだろう。

《扉《とびら》をあけて飛《と》びこんでも、空ですよ》

なんと挑発的《ちょうはつてき》な……。

賢者《けんじゃ》は扉《とびら》をあけて飛《と》びこんだ。

意味

扉《とびら》の先は「空《から》」——誰《だれ》もいない

《扉《とびら》をあけて飛《と》びこんでも、空ですよ》

貼《は》り紙《がみ》があった扉《とびら》をあけて、賢者《けんじゃ》は部屋に飛《と》びこむ。

案《あん》の定《じょう》、メッセージ通り、部屋の中は「空《から》」で誰《だれ》もいない。

「ウヒャヒャヒャ……」

悪霊《あくりょう》の声だけが聞こえてくる。

「どこをさがしてもムダだ。オレは壁《かべ》をすりぬけることができる」

「そうか。ならば……」

賢者《けんじゃ》は手にした袋《ふくろ》から悪霊除《あくりょうよ》けの石を取り出して部屋に置《お》いた。そして石をすべての部屋に置《お》くと、「これでどうだ？」と悪《あく》霊《りょう》に告《つ》げる。

「ウウウ……」と悪霊《あくりょう》は居場所《いばしょ》を失《うしな》い、城《しろ》を出ていくほかなかった。

意味

扉《とびら》の先は「空《そら》」——そこは天空

《扉《とびら》をあけて飛《と》びこんでも、空ですよ》

貼《は》り紙《がみ》があった扉《とびら》をあけて、賢者《けんじゃ》は部屋に飛《と》びこむ。

「うわぁああ！」

部屋に飛びこんだはずが、視界《しかい》は「空《そら》」の青で……貼《は》り紙《がみ》のあった扉《とびら》の向こうは、天空にそびえ立つ城《しろ》の外だったのだ。賢者《けんじゃ》の姿《すがた》は消えてしまう。

「ウヒャヒャヒャ……」と現《あらわ》れた悪霊《あくりょう》が扉《とびら》から顔を出した。

「かかったな！　……ん？　うわぁああ！」

悪霊《あくりょう》が城《しろ》の外に落ちていく。

賢者《けんじゃ》は落ちたと見せかけて扉《とびら》の影《かげ》に隠《かく》れ、顔を出した悪霊《あくりょう》を落としたのだった。

「扉《とびら》の向こうが空であると、わかってたよ。おろかな悪霊《あくりょう》め」

【新しい友だち】

お父さんの転勤《てんきん》で、私《わたし》が小学校を卒業《そつぎょう》するタイミングで引《ひ》っ越《こ》しをした。四月からは、今までの友だちが一人もいない中学校にいくことになる。心配だったのは、新しい友だちができるかどうかだった。

「理央《りお》だったら、大丈夫《だいじょうぶ》よ」

お母さんはそう言ってくれたけれど、これだけは入学してからでないとわからない。不安《ふあん》な気持ちで入学式をむかえ、最初《さいしょ》のホームルーム。一人ずつ自己紹介《じこしょうかい》をして、先生が学校の規則《きそく》などを説明《せつめい》して、休み時間になった。

「ねえ」と声をかけてくれたのは、うしろに座《すわ》っていた子。好《す》きなアイドルグループが同じだった。すぐにその子と仲良《なかよ》くなって、私《わたし》たちは友だちになった。

そして週末《しゅうまつ》。

「うちに遊びにこない？」って誘《さそ》ってくれたから、私《わたし》は彼女《かのじょ》の家へ遊びにいくことになった。

「双子《ふたご》の姉がいるの」

と以前《いぜん》言っていたから、違《ちが》う学校に通っているというお姉さんに会うのも楽しみにしていた。

何かおみやげを持っていかないと……と思っていたら、お菓子《かし》作りが趣《しゅ》味《み》のお母さんが、「チーズケーキを焼《や》いたから」と持たせてくれた。

近くまで友だちがむかえにきてくれて、家に向かう。

そして、私《わたし》はビックリすることになる。

意味

同じ顔をした、双《ふた》子《ご》のお姉さん

意味

二つ上の、双《ふた》子《ご》のお姉さん

「**双子《ふたご》の姉がいるの**」って聞いていたから、それも楽しみにしていた。

歩いて数分で、彼女《かのじょ》のマンションに到着《とうちゃく》。

「いらっしゃい！」ってむかえてくれたのは、同じ顔をした双子《ふたご》の……ん？

——ウフフ。

意味ありげに笑《わら》っている二人を見て、私《わたし》は気づいた。

「もしかして、私《わたし》をむかえにきてくれたのって……」

「そう、クラスメイトじゃなくって」

「お姉ちゃんの方」

「わからなかったぁ！」

すっかり引っかかっちゃった。だってそっくりなんだもん。


「**双子《ふたご》の姉がいるの**」って聞いていたから、それも楽しみにしていた。

歩いて数分で、彼女《かのじょ》のマンションに到着《とうちゃく》。

「いらっしゃい！」ってむかえてくれたのは……。

「えっ！」

私《わたし》はビックリする。

「双子《ふたご》のお姉ちゃんを紹介《しょうかい》するね」

友だちには、私立《しりつ》中学に通ってる二つ上の双子《ふたご》のお姉さんがいたのだ。

驚《おどろ》くと同時に、私はホッとしていた。お母さんが手作りのチーズケーキを持たせてくれなかったら、ケーキを三つ買っていこうと思っていたから。

ホールケーキを四等分して、四人で食べることができてよかった。

【暑い時には】

「暑いなあ……」

マサヤスはアパートの部屋でグチっている。

今年の春、東京の大学に合格《ごうかく》して上京。初《はじ》めていった渋谷《しぶや》はキョウレツだった。スクランブル交差点《こうさてん》——すごい人がいたし、踊《おど》ってる人もいた。

そんな都会の一人暮《ひとりぐ》らしにもなれてきたマサヤスだったが、夏になって問題につき当たった。

（東京の夏って、こんなに暑いのか……）

エアコンはある。しかし、仕送りやアルバイトだけで生活をやりくりするのは大変《たいへん》で、できる限《かぎ》り節約《せつやく》したいと思っていた。

そんな時に、厄介《やっかい》なやつが訪《おとず》れる。

近所に住んでいる大学の友人、トシアキだった。

「なんでくるんだよ」

「いーじゃん、ヒマなんだろ……うわ、この部屋暑っ。エアコンつけろよ」

「電気代、節約《せつやく》してるんだ。いやなら帰ってよ」

「やだ。せっかく遊びにきたんだから。でもさあ、汗《あせ》でビショビショすぎるからシャワー浴《あ》びさせてくれよ」

「しょうがないなあ……水のシャワーならいいよ。お湯は使わないでよ」

「わかったよ」

トシアキは浴室《よくしつ》に入っていった。

そして五分後、出てきた彼《かれ》は、こう言った。

「さっぱり」

意味

シャワーを浴《あ》びたら、さっぱりした！

意味

シャワーを浴《あ》びても、効《こう》果《か》はさっぱりない……

五分後、浴室《よくしつ》から出てきたトシアキは、ニコニコと、こう言った。

「**さっぱり**」

「でしょ？　おれも暑くて我慢《がまん》できない時は、水のシャワーを浴《あ》びるんだ。そうすれば汗《あせ》も流れてさっぱり。暑いのも吹《ふ》っ飛《と》ぶよね」

「だな」

だが、十分もしないうちに「やっぱ暑い」と、トシアキがグチりはじめた。

「なんだよ。せっかくシャワー貸《か》してあげたのに」

「この部屋の暑さはハンパないって。おごるからファミレスで涼《すず》もうぜ」

「おお、いいねえ」

その言葉を待っていたかのように、マサヤスは立ち上がった。

五分後、浴室《よくしつ》から出てきたトシアキは、うんざりした顔でこう言った。

「**さっぱり**」

「なんだよ、その残念《ざんねん》な言い方。シャワー貸《か》してあげたのに」

「この部屋の暑さはハンパないって。シャワー浴《あ》びても効果《こうか》はさっぱりだ。すぐに汗《あせ》が出てきて、まるでサウナみたいだよ」

まあ、コイツの言うこともわかるなと、マサヤスは思った。

「だったらファミレスいこうよ。あそこは涼《すず》しいから」

「今、金欠《きんけつ》だから」

「じゃあ、我慢《がまん》するしかないじゃん」

「しょうがねえなあ……」

二人は、サウナのような部屋でゲームをはじめるのだった。

【ごきげんな彼女《かのじょ》】

同じクラスのナナミは、クールだ。

たとえば掃除《そうじ》の時間、みんなでこんな会話をしてる。

「あ〜、掃除《そうじ》当番ダル〜」

「ほんと」

ナナミは表情《ひょうじょう》を変えることなく、黙《だま》っている。

「ナナミも、めんどくさいよね？」

「…………」

私《わたし》が問いかけると、彼女《かのじょ》はしばらく沈黙《ちんもく》してから、

「当番だし、やらなきゃね。はい」

と言って、ほうきを渡《わた》してくる。

そっけないナナミだけど、そういうキャラが定着してるから、私《わたし》たちも

なんとも思っていなかった。


ところが、ある日の朝。

「おっはよぉおお〜っ！」

クールキャラのナナミが、別人《べつじん》のようなテンションで声をかけてきた。

「えっ、ナナミ……」

「何があったの？」

いつもと違《ちが》う様子に戸惑《とまど》っていると、彼女《かのじょ》はこう答えた。


「恋人《こいびと》に選《えら》んでもらって、カンゲキ！」

意味

私《わたし》をカノジョに選《えら》んでくれた

「おっはよぉおお〜っ！」

ニッコニコの笑顔《えがお》で声をかけてきたナナミ。いつものクールキャラは、どこにいっちゃったの？

その理由を聞いて、私《わたし》たちも思わず笑顔《えがお》になった。

片想《かたおも》いしてた、隣《となり》のクラスの男子に告白《こくはく》したら、OKもらったって。

「よかったね」

「すごいじゃん、ナナミ。彼《かれ》って人気あるからライバル多かったんじゃない」

私《わたし》たちが祝福《しゅくふく》すると、ナナミは「ありがと！」と答える。

「彼《かれ》、クール系《けい》の女の子が好《す》きだっていうから、ずっと演《えん》じていた作戦《さくせん》が成功《せいこう》したのよ。私《わたし》を**恋人《こいびと》に選《えら》んでもらって、カンゲキ！**」

意味

カレシに、ペンダントを選《えら》んでもらった

「ねえねえ、これ見て」

そう言ってナナミが首元を指す。そこにあったのは……。

「ペンダントだよね」

「もしかして、カレシからのプレゼント？」

彼女《かのじょ》はエヘヘ……と表情《ひょうじょう》をゆるめっぱなし。どうやら、そのようだ。

「記念日《きねんび》でもないのに、お店で突然《とつぜん》買ってくれたの。たくさんある中から『これがすごく似合《にあ》うよ』って言ってくれて……もぉ、**恋人《こいびと》に選《えら》んでもらって、カンゲキ！**」

「ああ、はいはい」

「よかったわねえ」

クールキャラは、どこかにいっちゃったみたい。

【彼《かれ》が見たテレビ】

朝のホームルーム前。

一年D組の生徒《せいと》たちは、昨日《きのう》の出来事について、あれこれ話している。

「見た？　サッカーの試合《しあい》」

「もちろん！　先にゴールを決められちゃったけど、すぐに逆転《ぎゃくてん》して、後半なんかエースのハットトリックとかで五対一なんて、大勝じゃん」

「でも最初《さいしょ》の失点《しってん》は残念《ざんねん》だったね」

サッカー部の連中《れんちゅう》は、日本代表戦《せん》の話題で盛《も》り上がっている。

一方で、「昨日《きのう》の実況《じっきょう》見た？」という声も聞こえてくる。

「見た見た。ラスボスを倒《たお》すとこなんか、おれ、叫《さけ》んじゃったもん」

「だよな」

「あれ見て遅《おそ》くまでゲームやってたら、母ちゃんに怒《おこ》られちゃった」

などなど、こちらはゲーム好《ず》き同士《どうし》で動画配信《はいしん》について話している。

で、女子たちはというと、推《お》しのアイドルの名前が聞こえてくるから、SNSにアップされた近況《きんきょう》について話しているようだ。

それぞれの話で盛《も》り上がっている教室に、学級委員の男子が入ってくる。

彼《かれ》はテレビについて、ものすごくくわしい人物で、席《せき》につくと周囲《しゅうい》のクラスメイトにこう言った。


「昨日《きのう》見たテレビはすごかった」


「何がすごかったの?」

クラスメイトは彼《かれ》が見たテレビに関心《かんしん》をよせている。

意味

おもしろいテレビ番組だった

「みんな見なかったのかい。スーパーテレビで夜九時から放送されたやつ」

「見たよ。芸人《げいにん》が出てるバラエティ番組だろ。あれの何がすごかったの？」

そう聞かれた学級委員の彼《かれ》は「わかってないなあ」と首をふる。

「あの番組は芸人《げいにん》たちが企画《きかく》を持ち寄《よ》って、それにチャレンジするっていうのがメインだけど、すごいのはそこじゃないんだ」

「どういうこと？」

「昨日《きのう》のは、芸人《げいにん》全員が自腹《じばら》で制作費《せいさくひ》を出してるんだ。ＳＮＳでバズってるよ。**昨日《きのう》見たテレビはすごかった**って」

――なるほどぉ。

テレビ番組にくわしい彼《かれ》に、みんな感心するのだった。

意味

家電ショップで、高《こう》性《せい》能《のう》のテレビを見た

「昨日《きのう》も放課後《ほうかご》、秋葉原にいってきたんだ」

「ああ、やっぱり」

そう——学級委員の趣味《しゅみ》は家電を見て回ることだった。

彼《かれ》はカバンからパンフレットを取り出して、みんなに見せた。

「昨日《きのう》、最新《さいしん》式のやつが発売になるっていうから、実物を見たくていったわけさ。大きいのは当たり前なんだけど、使う人の声に反応《はんのう》してチャンネルを変《か》えたり、こんな番組が見たいって言ったら、オススメのものを予約《よやく》しておいてくれるんだ。いやほんと、**昨日《きのう》見たテレビはすごかった**」

——なるほどぉ。

家電のテレビにくわしい彼《かれ》に、みんな感心するのだった。

【魔除《まよ》けの札《ふだ》】

「ここか……」

男は、おそるおそるその村に足を踏《ふ》み入れる。

ウワサでは聞いていたが、見るからに「出そう」な雰囲気《ふんいき》だった。

恐《おそ》ろしい妖怪《ようかい》が現《あらわ》れ、村人や旅人が食われてしまうらしい。

だが、自分はこの村を通らなければならない。そうしないと母の病を治《なお》す薬草が手に入らないのだ。急いで走りぬければ大丈夫《だいじょうぶ》だと思うのだけれど……。

「何者だ？」

うしろから声をかけられ、ビクッとなる。

ふり向くと、老人《ろうじん》がこちらを見ていた。

「あやしい者ではありません。どんな病にも効《き》くという薬草を採《と》りにいくところです」

「ここを通るのは危《あぶ》ないと、わかっているのか?」

「母の病気を治《なお》すためには、仕方ありません」

ふむ……と老人《ろうじん》はしばらく考えて、何かを取り出した。

「それは……なんでしょうか?」

「魔除《まよ》けの札《ふだ》を知らんのか」

「はい」

すると老人《ろうじん》は、こう言った。


「これを持っていない者はいない」

老人《ろうじん》の言葉は、何を意味するのだろうか?

意味

村の者は
みんな持っている

意味

持っていない者は、
村からいなくなる

「魔除《まよ》けの札《ふだ》を知らんのか」

「はい」

すると老人《ろうじん》は、「**これを持っていない者はいない**」と言った。

「呪術師《じゅじゅつし》がたくさんくれたのだ。以来《いらい》、村の者が妖怪《ようかい》に食われることはなくなった。今でも村の者は全員、この札《ふだ》を持っておる」

そう言って、老人《ろうじん》はもう一つ、魔除《まよ》けの札《ふだ》を取り出した。

「これを持って村を通るがよい。妖怪《ようかい》に襲《おそ》われることはなかろう」

ほれ、と札《ふだ》を男に手渡《てわた》す。

「あ……ありがとうございます！」

魔除《まよ》けの札《ふだ》を手にした男は、無事《ぶじ》に村を通ることができた。


「魔除《まよ》けの札《ふだ》を知らんのか」

「はい」

「…………」

老人《ろうじん》は黙《だま》りこんでしまった。

「あの、その札《ふだ》は、どこで手に入るのでしょうか？」

男はたずねる。

「呪術師《じゅじゅつし》がくれた貴重《きちょう》なものだ。これを持っている者だけは生き延《の》びることができたが、それ以外《いがい》の、**これを持っていない者はいない**。みんな妖怪《ようかい》に食われてしまったでな……あんた、持っていないんだろ？」

「はい」

「残念《ざんねん》だったな」

男の背後《はいご》には、もう……。

【おみやげ】

その年のゴールデンウイークは九連休《れんきゅう》をとることができて、大手食品会社である海八《うみはち》フーズ株式《かぶしき》会社でも、国内外へ旅行に出かける社員が多かった。

そして連休明けの出社日。

「おはよ〜」

仲良《なかよ》しの女性《じょせい》社員たちは顔を合わせる。

「どうだった、北海道は？」

「うん、天気もよくて最高《さいこう》だった。沖縄《おきなわ》はどうよ？」

「もう夏って感じ」

旅行の感想を話しはじめる。

「はいこれ」

一人が旅行のおみやげを紙袋《かみぶくろ》から取り出した。

「あ〜これって有名なお菓子《かし》だよね」

「そうなの。東京じゃ手に入らないやつ。現地《げんち》でも朝から並《なら》んだのよ」

「レアなやつね。ありがと〜」

などと、おみやげを交換《こうかん》して盛《も》り上がっている。

しばらくして、話題はほかの社員の旅行先へとうつっていく。

「Yさんって海外にいったらしいけど……おみやげ、どうするんだろ」

「課長《かちょう》は香港《ほんこん》にいったらしいけど、どうかなあ」

ヒソヒソ……と話す彼女《かのじょ》たちから、こんな声が聞こえてきた。


課《か》長《ちょう》だけにおみやげはあげないよね。

意味

課長《かちょう》にだけでなく、
みんなにも
あげるだろう

意味

ケチな課長《かちょう》だから、
おみやげを
あげることはない

女性社員《じょせい》たちが話をしていると……。

「おはようございまーす」

Yさんが出社してきた。

「ハワイにいってたんですよぉ。みなさんに、おみやげです」

チョコが入った箱をカバンから取り出し、みんなに配っていく。

——だよね～、と女性《じょせい》社員たちは顔を見合わせて、うなずいた。

じつはYさん、課長《かちょう》に片想《かたおも》いをしている。でもさすがに**課長《かちょう》だけにおみやげはあげないよね**と話していたところ、みんなの分も買ってきたね、と。

でも、「課長《かちょう》にはこれです」と、ひときわ大きい箱のチョコを渡《わた》していた。

——だよね～、と女性《じょせい》社員たちはまた顔を見合わせて、うなずいた。


女性《じょせい》社員たちが話をしていると……。

「おはよう」

ウワサをしていた課長《かちょう》が出社してきた。

「課長《かちょう》、おはようございます。これ、旅行のおみやげです」

「私《わたし》も」

彼女《かのじょ》たちがおみやげを渡《わた》すと、「ありがとう」と言って課長《かちょう》は受け取る。だが、彼《かれ》も旅行してきたはずで……。

——だよね～、と女性《じょせい》社員たちは顔を見合わせて、うなずいた。

ケチで有名な課長《かちょう》だから、もらうだけで、自分は渡《わた》さないはず。

課長《かちょう》だけにおみやげはあげないよねと、話していた通りだった。

【へコんだ話】

人気バラエティ番組「オモトーク」の収録《しゅうろく》がおこなわれている。

司会進行はベテラン芸人《げいにん》のカブさん、ひな壇《だん》には、若手芸人《わかてげいにん》たちがずらりと並《なら》んで、ワイワイガヤガヤ話している。

「次のテーマは……これ！」

カブさんの合図で、モニター画面にテーマが現《あらわ》れる。

「最近《さいきん》、へコんだ話」

ハイハイハイ！　と芸人《げいにん》たちがいっせいに手を挙《あ》げる。

「商店街《しょうてんがい》でロケしてたら、オカンとばったり会いまして。そんでその場でダメ出しされて……」

「オカンのダメ出しはへコむなあ……」

「彼女《かのじょ》に内緒《ないしょ》でいった合コンに、彼女《かのじょ》の妹がいて……バレて怒《おこ》られましてて」

二義文提供：madder

「自業自得《じごうじとく》やないかい！」

アハハハ！　と収録現場《しゅうろくげんば》は盛《も》り上がっていく。

そして、最後《さいご》にカブさんに指名されたのは、「オースティン」のツッコミ担当《たんとう》、渡辺《わたなべ》だった。妹が人気アイドルのミホリンであるとSNSで公表して、話題になっている。

「こないだ、あるバラエティ番組でモノマネやることになったんすよ。でも……みんな」

「どうなった。ほいでほいで？」


「私《わたし》のモノマネに興味《きょうみ》がなかったんですよ」

意味

私《わたし》がするモノマネに興味《きょうみ》がなかった

意味

後輩《こうはい》がする「私《わたし》のモノマネ」に興味《きょうみ》がなかった

「どんなネタでもOKって言われてたから、一般人《いっぱんじん》のモノマネをしたんです」

「誰《だれ》の？」

「近所のコンビニ店員さんです。頑張《がんば》って練習したのに、マニアックすぎちゃって。ほかの出演者《しゅつえんしゃ》のモノマネは爆笑《ばくしょう》だったのに。みんな、**私《わたし》のモノマネに興味《きょうみ》がなかったんですよ。**シーンとなっちゃって……」

「渡辺《わたなべ》。そのモノマネ、もう一度やってみいや」

「え、ここでですか？　じゃあ……あぁりぃがとぉ～ごじゃいましたぁあ！」

シーン……。

「うん。まあ、こんな空気になるわなぁ」

「うわ、もぉ……今が一番ヘコんでますって！」


オースティン渡辺《わたなべ》の「ヘコんだ話」には、まだ続《つづ》きがあった。

「そのあと後輩《こうはい》の芸人《げいにん》が出てきて、私《わたし》のモノマネをしたんですよ——これです」

モニターには、オースティン渡辺《わたなべ》のモノマネをした後輩芸人《こうはいげいにん》が映《うつ》る。

長い髪《かみ》に黒メガネ、あごヒゲ、蝶《ちょう》ネクタイにサスペンダー。

「私《わたし》と同じ格好《かっこう》で『ど～もぉ～、オースティンの渡辺《わたなべ》です』ってステージに登場したんですけど、みんな、後輩《こうはい》がやった**私《わたし》のモノマネに興味《きょうみ》がなかったんですよ。**さらにシーンとなっちゃって……」

「アイドルの妹のモノマネをすればよかったのになあ……いや、妹のモノマネは、渡《わた》辺《なべ》がすればそっくりか」

「妹に怒《おこ》られますって！」

【父の提案《ていあん》】

莉奈《りな》は中学三年生。

どこにでもいそうな普通《ふつう》の女の子だが、本人は違《ちが》うと思っていた。

お母さんが心配性《しんぱいしょう》なのだ——門限《もんげん》は午後七時。休日に出かける時はいき先を伝《つた》えなければいけない。お小遣《こづか》いで何を買ったか必《かなら》ず申告《しんこく》する。

当然《とうぜん》、スマホもダメだった。勉強に支障《ししょう》が出るし、悪いサイトを見てほしくないから——と買ってくれない。

「みんな持ってるんだから、私《わたし》もスマホがほしいよ」

「何度も言ってるでしょ。高校生になったら買ってあげるって。どうしても使いたいなら、お母さんのを使いなさい」

「え〜」

なんで私《わたし》だけスマホはダメなのかなあ。仲間《なかま》はずれになって、悪影響《あくえいきょう》が出ると思うんだけど。

だったら、と莉奈《りな》は次の作戦《さくせん》を考えた。

夜、会社から帰ってきたお父さんに自分の状況《じょうきょう》を伝えたのだ。

「——というわけで、このままじゃ私《わたし》、仲間《なかま》はずれになっちゃう」

「スマホがなくて莉奈《りな》が困《こま》っているのはわかったよ。でもなあ……」

お父さんも、家ではお母さんに頭が上がらないのだった。

やっぱり、高校生になるまで無理《むり》なのかなあ……。

莉奈《りな》はあきらめかけていたが、ある日、お父さんが彼女《かのじょ》にこう告《つ》げた。


「君にとってもいい話だ」

意味

娘《むすめ》に「とってもいい話」がある

「ただいま〜。莉奈《りな》、いるかぁ」

会社から帰ってきたお父さんが、莉奈《りな》を呼《よ》ぶ。

莉奈《りな》が部屋から出てくると、お父さんは小さな紙袋《かみぶくろ》を手にしていた。

「**君にとってもいい話だ**」

「えっ、『とってもいい話』って、もしかして……」

「その通り」

お父さんが紙袋《かみぶくろ》から取り出したのは、最《さい》新《しん》式のスマホだった。

「お母さんを説得《せっとく》して、スマホを持っていいことになったよ。ただし、使う時のルールは、ちゃんと守ってくれよ」

やったあ！　と莉奈《りな》は思わずお父さんに抱《だ》きついた。

意味

父にとっても、娘《むすめ》にとっても、「いい話」がある

「ただいま～。莉奈《りな》、いるかぁ」

会社から帰ってきたお父さんは、ケータイショップの紙袋《かみぶくろ》を二つ持っていた。

「どうして、二つあるの？」

「お父さんにとってもいい話で、また、**君にとってもいい話だ**」

そう言って、お父さんは説明《せつめい》をはじめる。

「親子割引《わりびき》プランを見つけたんだよ。今までのが高かったから、お父さんも格安《かくやす》で使えておトクで、莉奈《りな》もスマホをゲットできたってこと」

やったあ！　と莉奈《りな》は思わずお父さんに抱《だ》きついた。

お母さんがスマホを許《ゆる》してくれなかったのは、使いすぎて料金《りょうきん》がかかることも心配だったそうだ。

【見送る人】

旅行ライターをしている友人のＳくん。

日本各地《かくち》を旅して、その土地の名所、名産品《めいさんひん》をネットや雑誌《ざっし》で紹介《しょうかい》しているのだけど、よく訪《おとず》れているのは小さな島々だ。

「船でしかいくことができない不便《ふべん》なところだけど、独自《どくじ》の文化や食べ物があって、おもしろいんだ」

たしかに、Ｓくんがくれる島のおみやげは、めずらしいものが多い。

「あと、島の魅力《みりょく》はなんといっても、そこに暮《く》らす人たちだね」

みんな、温かくもてなしてくれるとのこと。

「こないだ訪《おとず》れたのは、人口が百人ちょっとの小さな島だったんだ。一軒《いっけん》だけ民宿《みんしゅく》があるから、そこに一週間お世話になって……忘《わす》れられない体験《たいけん》をしたよ」

漁業《ぎょぎょう》で生計を立てている家がほとんどで、魚がおいしかったそうだ。

島には子どもたちが数人いて、彼《かれ》らが通う小学校もあるとのこと。

「一番仲良《なかよ》くなったのは、宿のおばあちゃん。島の歴史《れきし》や風習とか、いろいろ教えてもらって、勉強になったよ」

そして、忘《わす》れられない体験《たいけん》というのは……。

「島を離《はな》れる日のことなんだけどね。船が港を出る時、声が聞こえてきたんだよ」

声のする方を見たところ、

「いっぱい手をふる人が見えたんだ」

それは……忘《わす》れられない体験《たいけん》だね。

意味

手をふっている人がいっぱいいた

——オ〜イ！

——元気でな〜！

——またこいよ！

たくさんの声が聞こえてきたそうだ。

「船から港を見たら、**いっぱい手をふる人が見えたんだ**。百人近くいたな」

「えっ、ちょっと待って！」と、ぼくは会話を止める。

「島の人口は百人ちょっとって言ってたよね。ほとんどの人がいたの？」

「そう。訪《おとず》れた旅人をできるだけたくさんの島民《とうみん》で見送ろうっていう習慣《しゅうかん》があってね。笑顔《えがお》で手をふってくれる人たちを見たら、またいきたくなっちゃった」

「それは……忘《わす》れられない体験《たいけん》だね」

意味

おばあちゃん一人が、いっぱい手をふっていた

船が港を出る時、

——オ～イ！

一人の声が聞こえてきたそうだ。

「船から港を見たら、**いっぱい手をふる人が見えたんだ**」

「それって、宿のおばあちゃん？」

「うん。宿でお別《わか》れしたと思ってたんだけど、そのあと港までやってきて、ぼくを見送ってくれたんだ。ちぎれんばかりに手をふってくれて……感動しちゃったよ」

「それは……忘《わす》れられない体験《たいけん》だね」

以来《いらい》、彼《かれ》は年に一度はその島を訪《おとず》れるようになって、宿のおばあちゃんだけでなく、島の人たちみんなと仲良《なかよ》くなったそうだ。

#【友だちの家】

転校して一か月。

人見知り気味のぼくだったけれど、それでも毎日クラスで顔を合わせ、休み時間にいろいろ話しているうちに友だちができた。

部活で知り合った友だち。

通学路が同じで、登校が一緒《いっしょ》になって仲良《なかよ》くなった友だち。

同じバンドが好《す》きで、その話で盛《も》り上がる友だち。

中でも、ゲームやアニメにやたらくわしいクラスメイトがいて、けっこう話すようになった。

彼《かれ》のことはまだよく知らないけれど、ほかの友だちの話によると……。

「あいつんち、とにかく明るいんだ」

「どういうこと？」

「いってみたら、わかるよ」

「ふーん」


休みの日、ぼくは彼《かれ》の家に招待《しょうたい》されることになった。

事前に送ってもらった住所をスマホで確認《かくにん》しながら、歩くこと十分。

ほかの友だちが話していた通り、彼《かれ》の家は明るいとわかった。

意味

家族の性格《せいかく》が明るい

チャイムを鳴らすと、「いらっしゃい」と彼《かれ》がドアから顔を出した。

すると彼《かれ》のうしろから、パァアアン！とクラッカーがはじける。

「ようこそぉ！」

「待ってたわよぉ！」

「ウェルカァ〜ム！」

お父さん、お母さん、お姉さんが、ド派《は》手《で》な歓迎《かんげい》をしてくれた。

「**あいつんち、とにかく明るいんだ**」と言っていた意味がわかった。

家族全員が、ものすごく陽キャだったのだ。

——イェエエエイッ！

そのあと、全員参加《さんか》のゲームで大盛《も》り上がりだった。

意味

イルミネーションで家が光り輝《かがや》いている

訪《おとず》れたのは夕方。「泊《と》まりでガッツリとアニメを見よう」と招待《しょうたい》されていた。

スマホで確認《かくにん》しながら、歩くこと十分。

——おおおぉ……。

近づいてきた彼《かれ》の家を見て、ぼくは衝撃《しょうげき》を受けた。

住宅街《じゅうたくがい》の中、テーマパークのナイトパレードのように、イルミネーションが光り輝《かがや》く一軒家《いっけんや》——それが彼《かれ》の家だった。

「**あいつんち、とにかく明るいんだ**」

ほかの友だちが言っていた意味がよくわかった。

「いらっしゃい！」と彼《かれ》が出むかえてくれる。

もちろん家だけでなく、家の人たちも明るかった。

【今日のおすすめ】

「ねえ、今日のランチはどうする？」

昼休み、海八フーズの女性社員《じょせいしゃいん》三人組は、会社近くの飲食街《いんしょくがい》を歩いている。

「昨日《きのう》は和食だったじゃない」

「だったら今日はイタリアンか、中華《ちゅうか》かなあ」

「あのね、SNSで見つけたんだけど」

一人が切りだした。

「ちょっと歩くんだけど、新しいカレー屋さんがオープンしたらしいの。でね、このSNSを提示《ていじ》すると、料金《りょうきん》が二十パーセントオフになるんだって」

「それっていいかも！」

「いこういこう！」

しばらく歩いて目的《もくてき》の店へ。少し並《なら》んだけれど、おしゃべりしてたら、あっという間に入店できた。

テーブルにつくと、三人はメニュー表をのぞきこむ。

目についたのは「今日のおすすめ」と書かれたカレーだった。

「これってメニュー名からして、おいしそうね」

「それにしようかな」

「え、私《わたし》もよ」

三人が注文した、同じメニューは、

《辛《から》くないタマネギと牛肉のカレー》

どんなカレーが出てきたかというと……。

意味

タマネギ&牛肉が入った、辛《から》くないカレー

意味

辛《から》くないタマネギと、牛肉のカレー

注文から五分後。

「お待たせしました。**辛《から》くないタマネギと牛肉のカレー**になります」

と、料理《りょうり》が運ばれてくる。

「おいしそ〜。写真撮《と》ろっと」

「私《わたし》も。SNSにアップしよ」

「う〜ん、おいしい。いい材料《ざいりょう》を使ってるってわかる」

先に食べた一人が反応《はんのう》すると、あとの二人も、

「だね〜。それに私《わたし》、辛《から》いもの苦手だから、このくらいがベスト」

「うんうん。辛《から》くないけど、スパイスの味がしっかりしてる！」

三人は自分たちのチョイスに大満足《まんぞく》だったようだ。


「お待たせしました。**辛《から》くないタマネギと牛肉のカレー**になります」

カレーのお皿の横に、丸ごとタマネギが乗った別皿が……。

「このタマネギって……」

一人が店員さんにたずねる。店員さんはニッコリと笑《わら》った。

「うちは野菜《やさい》にこだわってるんですよ。おいしい国産《こくさん》タマネギが手に入ったので、カレーとは別《べつ》に、オーブンでゆっくり焼《や》きました。辛《から》くないので、そのまま食べていただければと。もちろん、カレーに入れていただいてもOKです」

――へえええ。

初《はじ》めてのメニューに三人は少し驚《おどろ》いたが、店員さんの言う通り、食べてみると甘《あま》くて、おいしいタマネギだった。

【再《さい》テスト】

待ちに待った夏休みがやってきたのだけど、ぼくらはずっとブルーな気分だった。

「だるいよな」

「ほんと……」

友だちと一緒《いっしょ》にトボトボと学校に向かう。

数学の期末《きまつ》テストで悲惨《ひさん》な成績《せいせき》だった生徒《せいと》は、再《さい》テストを受けることになった。まあ、勉強不足《ぶそく》は自分のせいだから仕方ないんだけど。

「なあ、あれ見ろよ」

友だちが学校を指さした。

校舎《こうしゃ》全体に足場が組まれ、工事をする人たちがそこを行き来しているのが見える。

二義文提供：トラノ

「夏休みに工事するって言ってたね」

「あんな中で再《さい》テストするのかなあ」

ぼくらは、ますますブルーな気分になる。

校門を通り、夏休みに登校する生徒専用《せいとせんよう》の出入口に向かう。

そこに数学の先生が立っていた。

「おはようございます」

ぼくらが挨拶《あいさつ》すると、先生も「おはよう」と返す。

そして先生は、大事なことをぼくらに伝《つた》えた。

「教室に問題はないからね」

意味

教室に問題は
置《お》いていない

意味

教室に問題に
なるような
ことはない

「再《さい》テストは一年A組の教室でやります。ただ……」

先生は、大事なことをぼくらに伝《つた》える。

「教室に問題はないからね」

「問題はないって」

「どういうことですか？」

「再《さい》テストの問題用紙のことだよ。一年A組の教室じゃなくて、職員室《しょくいんしつ》に置《お》いてあるから、先にそっちにいって、問題を受け取ってから教室にいってください」

「ああ、はい」

「わかりましたあ」

ぼくらは職員室《しょくいんしつ》で問題をもらってから、一年A組の教室に向かった。


「教室に問題はないからね」

「問題はないって」

「どういうことですか？」

「これこれ」と、先生は工事中の校舎《こうしゃ》を指さした。

「今、校舎《こうしゃ》の工事をしてるじゃないか。大きな音が出るから、音楽室を借《か》りておいたんだ。あそこなら問題ないだろ」

「ああ」

「なるほどぉ」

ぼくらは音楽室に向かう。学校中に工事の音が響《ひび》いていたけれど、ここだけは音が遮断《しゃだん》されるので、集中して再《さい》テストを受けることができた。

【文化祭のステージ】

秋——高校は文化祭のシーズンだ。

各《かく》クラスが劇《げき》や、お化け屋敷《やしき》など、それぞれの出し物をしているが、みんなが注目しているのは、最終日《さいしゅうび》に体育館でおこなわれるバンド演奏《えんそう》だ。

ボーカル、ギター、ベース、キーボード、ドラム。

軽音部や有志《ゆうし》の生徒《せいと》たちがバンドを組んで、人気曲をカバーする。

「楽しみだね」

「今年はどんなバンドが出るんだろ」

などなど、生徒《せいと》たちはバンド演奏《えんそう》を心待ちにしていた。

本番当日。

かねてからウワサのあった高見沢《たかみざわ》くんの話題が、生徒《せいと》たちの間で盛《も》り上がっていた。

「ねえ、聞いた？　高見沢《たかみざわ》くんのこと」

「うん。今年もステージに上がるんだよね」

「すごいことになると思う」

「だよね。早くいって席《せき》をとっておかないと、近くで見られないから、急ごう」

開演《かいえん》時間より早く体育館にいって、みんなはウワサの高見沢《たかみざわ》くんの登場を待っていた。

なぜなら高見沢《たかみざわ》くんについて、こう言っていたのだ。


「彼《かれ》のギター、かっこいいよね」

意味

彼《かれ》のギター演奏《えんそう》が、かっこいい！

「さぁーて、みなさん。お待たせいたしました！」

――イエエエイ！

司会者《しかいしゃ》の紹介《しょうかい》に、客席《きゃくせき》が盛《も》り上がる。

「文化祭のファイナルは、みなさんご存《ぞん》じの、このバンドの登場だぁ！」

現《あらわ》れたのは三年生のバンド。リーダーはギターの高見沢《たかみざわ》くんだ。天才ギタリストとしてメディアで話題になり、有名なバンドとも共演《きょうえん》したらしい。

――キュイーーーン♪

彼《かれ》がギターを弾《ひ》きはじめると客席《きゃくせき》は釘《くぎ》づけになる。そして口々に、

「**彼《かれ》のギター、かっこいいよね**」

と、演奏《えんそう》にうっとりするのだった。

意味

彼《かれ》の持っている
ギターが、かっこいい！

「さぁーて、みなさん。お待たせいたしました！」

――イエエエエイ！

司会者《しかいしゃ》の紹介《しょうかい》に、客席《きゃくせき》が盛《も》り上がる。

「文化祭のファイナルは、みなさんご存《ぞん》じの、高見沢《たかみざわ》くんでぇす！」

――おおお……。

高見沢《たかみざわ》くんが登場すると、驚《おどろ》きと、どよめきが客席からあがる。

彼《かれ》は今年もド派手《はで》なギターを手にしている。毎年、自分で作ったギターを文化祭で披露《ひろう》してくれるのだ。

「**彼《かれ》のギター、かっこいいよね**」

「でも演奏《えんそう》は……ねえ」

【告白《こくはく》】

夜のファミレス。

大学生のマサヤスと、トシアキはいつも同じテーブルにいた。

何をするわけでもなく、ドリンクバーだけで、だらだらとしゃべって時間を過《す》ごしていたが、ある時から店にいく目的《もくてき》ができた。

「いらっしゃいませ」

いつも笑顔《えがお》で二人を出むかえてくれる、アルバイトの女の子と親しくなったのだ。

彼女《かのじょ》の方から「いつも仲《なか》いいですね」と話しかけてくれた。

それ以来《いらい》、少しずつ話すようになって、彼女《かのじょ》が近所に住んでいる大学一年生だとわかった。つまり、同い年。

そして今日も、二人は同じテーブルにいた。

「あのさあ……」

マサヤスが、もじもじしている。

「おれ……今日、彼女《かのじょ》に言おうと思ってるんだ……」

「もしかして、お前……」

「うん、告白《こくはく》する」

「ほおお」

トシアキは、この告白《こくはく》について、

成功《せいこう》するなと思っていた。

意味

「きっと成功《せいこう》するだろう」と思っていた

「彼女《かのじょ》に告白《こくはく》する」というマサヤスの決意を、トシアキは聞いた。

ホントは、おれも彼女《かのじょ》が好《す》きで、告白《こくはく》したいと思ってたんだけどな……。

でもマサヤスはいいやつだし、きっと**成《せい》功《こう》するなと思っていた**。

「うまくいくといいな。おれは先に帰るから、結果《けっか》は明日聞かせてくれ」

そう言ってトシアキは席《せき》を立った。

翌日《よくじつ》、「どうだった?」とたずねると、「うん……」と暗い顔のマサヤス。

「店の先輩《せんぱい》とつき合ってるんだって」

「えー、あの店、もういきづらいじゃん」

「いや、別《わか》れるかもしれないし。引き続《つづ》きいくことにしよう」

「めげないな。お前」

意味

「成功《せいこう》するな、失敗《しっぱい》しろ！」と思っていた

「彼女《かのじょ》に告白《こくはく》する」

マサヤスの決意を、トシアキは聞いた。

「うまくいくといいな。おれは先に帰るから、結果は明日聞かせてくれ」

そう言ってトシアキは席を立つ。

「あ、それと今日はおれがゴチするわ」

伝票《でんぴょう》を取ってレジに向かい、会計をする彼女《かのじょ》に耳打ちする。

――あいつ、君に告白《こくはく》するって言ってるけど、ほかに彼女《かのじょ》いるから。

嘘《うそ》を吹《ふ》きこんで、店を出た。

じつはトシアキも彼女《かのじょ》が好《す》きで、告白《こくはく》するつもりだった。

だから失敗《しっぱい》しろ！　**成功《せいこう》するなと思っていた。**

【音声案内《あんない》】

便利《べんり》な世の中になったものね。

おばあさんはスマホを手に感心している。

昔はものを買うには店までいかなければならなかった。

それがいつの間にか、電話注文だけで届《とど》くようになり、さらにはインターネットが発達《はったつ》して、お金の支払《しはら》いだってスマホでできるのだから。

「何を買ったんだい？」

おじいさんが問いかける。

「これよ」

おばあさんはスマホ画面を見せる。

「目の健康《けんこう》にいいサプリを見つけたの。なんとかベリーの効果《こうか》で、目のぼやけや、かすみ目に効《き》くみたい」

おばあさんはこのところ、目の疲《つか》れに悩《なや》まされていた。

年齢《ねんれい》のせいでもあり、スマホを見すぎていたことも原因《げんいん》かもしれない。

スマホの文字も、最大《さいだい》にしていたけれど、それでも見にくいと思っていたおばあさんは、アプリの便利《べんり》な機能《きのう》を使っていた。

「音声サービスがあるから、小さな文字を読まなくてもいいの」

そう言っておばあさんは注文する。

配達希望《はいたつきぼう》時間を伝《つた》えると、音声サービスがこう告《つ》げた。

《約《やく》束《そく》ノ時間ニ、オクレマス》

意味

送ることができます

意味

配達《はいたつ》が遅《おく》れます

スマホを使ってサプリを注文しているおばあさん。

配達希望時間《はいたつきぼう》を伝《つた》えると、音声サービスがこう告《つ》げた。

《約束《やくそく》ノ時間ニ、オクレマス》

あらぁ、送れるのね。それは助かるわぁ。

音声サービスの返事に、おばあさんはうれしくなった。

配達《はいたつ》できるのは最速《さいそく》で二日後の午前中だったが、その日旅行に出かける予定だったのだ。

出発が朝十時だったため、九時までに配達《はいたつ》してほしかった。旅行先でもサプリを使いたかったし。

「便利《べんり》な世の中になったものね」

ひたすら感心するおばあさんだった。

スマホを使ってサプリを注文しているおばあさん。

配達希望時間《はいたつきぼう》を伝《つた》えると、音声サービスがこう告《つ》げた。

《約束《やくそく》ノ時間ニ、オクレマス》

あらぁ、遅《おく》れるのね。どうしようかしら。

おばあさんは困《こま》ってしまった。

明日の午後にお届《とど》けできますとあったので、それでお願《ねが》いしようと思っていた。おばあさんは明後日《あさって》の朝から旅行に出かける予定だったから。

だが、大雨の影響《えいきょう》で車が通行できない場所があるという。

「配達《はいたつ》が遅《おく》れるみたい……」

自然災害《しぜんさいがい》だけは仕方ないなと、おばあさんはあきらめるのだった。

【人数変更《へんこう》】

そのレストランは、おいしい料理《りょうり》を出してくれることで人気だった。

その日に収穫《しゅうかく》した野菜《やさい》、その日に仕入れた魚などで料理《りょうり》を作る。決まったメニューはなく、仕入れた材料《ざいりょう》からマスターが毎日違《ちが》った料理《りょうり》を作る

――それもまた人気の理由だった。

「ほかの店と比《くら》べると、あきらかに鮮度《せんど》が違《ちが》うよね」

「それに、日によってメニューが違《ちが》うから、楽しみなんだよ」

訪《おとず》れたお客さんは、みな絶賛《ぜっさん》していた。

そんなウワサを聞いたグルメの田中さん。（ぜひ食べてみたい）と思って友だちを誘《さそ》い、店に予約《よやく》を入れた。

七時に二名。

料理《りょうり》はもちろん、「マスターのおまかせ」だ。

だが、あとから「私《わたし》もいきたい」と、もう一人の友人が言ってきた。

「お店に聞いてみるよ」

そう言って彼《かれ》は店に電話をかける。

数回の呼《よ》び出し音のあと、「はい」と店のスタッフが電話に出た。

「あのぉ……」と田中さんは話しはじめる。

「今日ディナーを予《よ》約《やく》した田中ですが、
人数の変《へん》更《こう》はできますか?」

意味

今日のディナーを予約《よやく》していた

意味

来週の予約《よやく》を、今日電話していた

「今日ディナーを予約《よやく》した田中ですが、人数の変更《へんこう》はできますか？」

「ああ……田中様、申しわけございません」

店のスタッフが、ていねいにわびる。

「本日ご来店いただくお客様の食材《しょくざい》は、もう人数分準備《じゅんび》してしまったので、当日の追《つい》加変更《かへんこう》はできないんですよ」

「そうですかぁ……わかりました」

残念《ざんねん》そうに電話を切った田中さん。友だちに伝《つた》えなきゃな、と思っていると、スマホに着信《ちゃくしん》が。

お店からだ。

「たった今、ほかのお客様から一名、キャンセルが出まして……よろしければ」

おお、ラッキー！

彼《かれ》はほほえんだ。

「私《わたし》もいきたい」

もう一人の友人が言ってきたので、もう一度、田中さんは店に電話をかける。

数回の呼《よ》び出し音のあと、「はい」と店のスタッフが電話に出た。

「今日ディナーを予約《よやく》した田中ですが、人数の変更《へんこう》はできますか？」

「田中様。ご予約《よやく》日はいつでしょうか」

「来週の金曜日です」

「でしたら追加変更《ついかへんこう》は可能《かのう》です。当店はご来店いただくお客様の人数分の食材《しょくざい》を、その日の朝に仕入れております。当日の追加《ついか》変更《へんこう》はできませんので、ご了承《りょうしょう》ください」

「わかりました」

「では田中様。来週金曜の七時に三名様ということで、お待ちしております」

【冷酷《れいこく》な殿様《とのさま》】

時は戦国《せんごく》時代。

日本各地《かくち》で戦《たたか》いが起こり、人びとは不安《ふあん》な日々を送っていた。

とある国では、知略《ちりゃく》に長《た》けた殿様《とのさま》が勢力《せいりょく》を拡《ひろ》げていたが、その殿様《とのさま》には、こんなウワサが流れていた。

――冷酷《れいこく》で、気に食わない者をすぐに処刑《しょけい》してしまう。

国を大きくできるのは、冷酷《れいこく》な殿様《とのさま》の恐怖《きょうふ》政治《せいじ》によるものだろう。それで人びとは殿様《とのさま》をこわがっていた。

そのウワサは、殿様《とのさま》の耳にも届《とど》いていた。

どうしたものか……畏怖《いふ》されるのは悪いことではない。だが冷酷《れいこく》な人物との評判《ひょうばん》は、よろしくないものだ。

殿様《とのさま》は家来を呼《よ》びつける。

「殿《との》、なんでございましょう？」

「聞いておるであろう。わしが冷酷《れいこく》で、こわがられておるウワサを」

「それは……」

答えに困《こま》っている家来を見て、殿様《とのさま》は自分の考えを伝《つた》える。

「わしがこわいものを城《しろ》に集めよ」

「はっ、承知《しょうち》いたしました」

家来はすぐさま支度《したく》にかかった。

意味

わしのことをこわがっている者を城《しろ》に呼《よ》べ

「**わしがこわいものを城《しろ》に集めよ**」

「はっ、承知《しょうち》いたしました」

しばらくして家来は、殿様《とのさま》をこわがっている民《たみ》たちを、城《しろ》に集めた。

「殿《との》のおなりである」

民《たみ》たちはビクビクしながら頭を下げていた。いかなる理由で城《しろ》に呼《よ》ばれ、殿様《とのさま》に会わされるのか、知らされていなかったのだ。

「みなの者、苦しゅうない。おもてを上げるがよい」

頭を上げると……ニコニコと笑《わら》っている殿様《とのさま》の顔があった。

「冷酷《れいこく》な殿様《とのさま》とはウワサにすぎない。それを知ってもらいたくて、呼《よ》んだのじゃ」

やさしく語りかける殿様《とのさま》を見て、民《たみ》たちは安心したのだった。

意味

わしがこわがる物を持ってこい

「わしがこわいものを城《しろ》に集めよ」

「はっ、承知《しょうち》いたしました」

しばらくして「殿《との》、集めましたでございまする」と、家来は殿様《とのさま》のもとに木箱を運びこんできた。

「なんじゃ、この木箱は？」

木箱をあけると、中から、たくさんのヘビが……。

「ひぃやぁああああーーっ！」

ヘビが何よりも苦手だった殿様《とのさま》は悲鳴をあげる。

「おのれーーっ！」

家来はすぐさま処刑《しょけい》された。冷酷《れいこく》な殿様《とのさま》のウワサは本当だったようだ。

【美術館《びじゅつかん》にて】

芸術《げいじゅつ》の秋。

美術館《びじゅつかん》は多くの人でにぎわっていた。

「この絵、ステキよね」

「うん。表情《ひょうじょう》がいきいきしてる」

絵画を鑑賞《かんしょう》しながら、カップルが話している。

やがて二人は、ある絵の前で立ち止まった。

「ねえ、この絵って……」

「なんだろ？」

二人は首をかしげる。

両手を広げたくらいの大きさのキャンバス——全面が真っ赤だった。

「情熱《じょうねつ》を表現《ひょうげん》してるのかしら？」

「血じゃないか？」

「だったらこわいわ。どんな人が描《か》いたのかしら」

キャンバスの下には「赤」というタイトル。作者は「あかだあかお」。

絵についての説明《せつめい》は書かれていなかった。

すると、うしろにいた人が話しかけてきた。

「この絵を理解《りかい》するには、作者の説明《せつめい》が必要《ひつよう》です」

どういうこと……。

意味

作者についての説《せつ》明《めい》

意味

作者本人からの説《せつ》明《めい》

「この絵を理解《りかい》するには、作者の説明《せつめい》が必《ひつ》要《よう》です」

スーツ姿《すがた》の男性《だんせい》だった。

「あなたは？」

「ここの学芸員《がくげいいん》です」

学芸員《がくげいいん》――美術品《びじゅつひん》の展示《てんじ》や保管《ほかん》、研究などをおこなっている人だ。

「この絵の作者――あかだあかおさんについては、部屋の入口でも紹介《しょうかい》していますが、私《わたし》からあらためてご説明《せつめい》しましょう。百年前に描《か》かれたこの絵は、火山のある島で暮《く》らしていた作者が噴火《ふんか》を見て、地球の怒《いか》りを感じて描《か》いたといわれています」

「この赤は、火山の赤なのね」

赤の意味がわかったカップルは、しばらくその絵を見ていた。

「この絵を理解《りかい》するには、作者の説明《せつめい》が必《ひつ》要《よう》です」

赤い服を着たおじいさんだった。

「あなたは？」

「この絵の作者、あかだあかおです」

「えーっ！」

描《か》いた本人がすぐそばにいて、カップルは驚《おどろ》いた。

「私《わたし》から説明《せつめい》しましょう。赤は……ほら、ほかにも」

絵だけでなく、赤の彫刻《ちょうこく》、赤のドライフラワー、赤い皿など、彼《かれ》の作品が展示《てんじ》されていた。

「私《わたし》、赤が好《す》きなんですよ。だからペンネームも、あかだあかお、なんです」

【兄のおしゃれ】

仲《なか》のいい兄と妹は、いつもいろんな話をしている。

高校一年の兄の趣味《しゅみ》は、アイドルを応援《おうえん》すること。部屋には推《お》しのポスターが貼《は》られている。

ところが最近《さいきん》、アイドル以外《いがい》に気になる女の子がいるようなのだ。

「塾《じゅく》の夏期講習《こうしゅう》で同じクラスなんだけど、推《お》しの子に似《に》てるんだよね」

「へえ。それは気になるねぇ」

それから兄は、アイドルの推《お》し活より、自分のおしゃれに気をつかうようになったのだが……。

「いや、お兄ちゃん。そのTシャツはないわ〜」

「え〜、そうかなあ」

おしゃれを意識《いしき》しているようだが、妹から見ると、どうにもダサい。

ファッション雑誌《ざっし》を見てマネしているようだが……。

「モデルとお兄ちゃんとでは、顔も体型《たいけい》も違《ちが》うんだから」

「でもさあ、一度はチャレンジしたくなるじゃん」

妹の指摘《してき》はきびしいが、兄はめげない。


そんなある日。

「夏の定番アイテム」という特集《とくしゅう》を見て買い物に出かけた兄が、帰ってきた。

「サングラスをかけると暗く見える」

意味

家の中でサングラスは、視《し》界《かい》が暗い

意味

サングラスをかけると、陰《いん》キャに見える

「ただいまあ」

兄が帰ってきた。

夏の定番アイテムを買いに出かけたと聞いていた妹は、どんな感じだろうと気になって玄関《げんかん》にいってみる。

すると、サングラスをかけた兄がアタフタしている。

「どうしたのお兄ちゃん」

「**サングラスをかけると暗く見える**」

「そりゃそうでしょ」

妹はあきれて続《つづ》けた。

「家の中は外より暗いんだから、サングラスをかけたまま家に入れば、周《まわ》りが暗く見えるのは当たり前じゃない」

「そ……そうだよな」

「ただいまあ」と帰ってきた兄は、サングラスをつけたままだった。

「……サングラス取りなよ」

「ロックミュージシャンとか、ずっとサングラスかけてる人がいるじゃん。それをマネしてみたんだけど」

「あれは、ロックミュージシャンがやるからかっこいいのよ」

「おれじゃダメってこと?」

「**サングラスをかけると暗く見える**」

「ダメかあ……」

「お兄ちゃんの場合、陰《いん》キャにしか見えないってば」

「そこまで言わなくても……」

【店のお知らせ】

海八フーズの女性《じょせい》社員三人組は、プライベートでも仲《なか》がいい。

「ねえ、来週はどうする？」

「イタリアンはどうかな」

「和食もいいよね」

週に一度、会社帰りに一緒《いっしょ》に食事にいくのが、彼女《かのじょ》たちのお決まりだった。

「提案《ていあん》があるんだけど」

一人が切りだした。

「いつもは、前もって店を決めて、予約《よやく》してからいくじゃない。次は、あえて店を決めずに三人で町を歩いて、気になった店に入るのはどう？」

「いいわね、それ」

「いこういこう」

翌週《よくしゅう》、三人は仕事帰りに駅前の飲食街《いんしょくがい》に繰《く》り出した。

「せっかくだから、おいしいだけじゃなくて、おもしろい店がいいよね」

などと言いながら歩いていると――ん？　と一人が店の前に貼《は》られたお知らせに気づいた。

「ねえ、これ見て」と指さす。

《お酒は飲めません　店長より》

「なんだろ、これ」

「気になるね」

三人は顔を見合わせ、ウン、とうなずいてから店に入っていった。

意味

お酒を置《お》いて
いないので、
この店では飲めません

意味

飲み屋ですが、
店長はお酒が
飲めません

「いらっしゃい。三人さんですか？」と、店長と思われる男性《だんせい》が、笑顔《えがお》で彼女《かのじょ》たちをむかえた。

「はい」と一人が答える。もう一人が「あの……」と店長にたずねた。

「お店の前に《**お酒は飲めません　店長より**》って書いてあったんですけど」

「ああ、そうなんですよ。うちの店はお酒より、料理《りょうり》をしっかり味わってほしいと思いましてね。お酒は置《お》いていないんです」

へえ～、と三人は顔を見合わす。

「私《わたし》たち」「お酒はあんまり飲めないから」

「かえっていいかもね」

じゃあ決定、ということでこの店で食べることにした。

店長がこだわる通り、おいしい料理《りょうり》が楽しめるお店で大満足《まんぞく》だった

「いらっしゃい」

店長と思われる男性《だんせい》が、笑顔《えがお》で彼女《かのじょ》たちをむかえた。

店内の棚《たな》を見て、三人は（？）という顔になる。

お酒の瓶《びん》がずらりと並《なら》んでいたのだ。

「あの……」

一人がたずねる。

「《**お酒は飲めません　店長より**》って、店の前にあったんですけど……。ここってお酒、飲めるんですか？」

「じつは私《わたし》が飲めないんですよ」

ああ～、と三人は納得《なっとく》する。

お客さんがすすめてくれることがあるのだが、店長はお酒が飲めないので、店の前にお断《ことわ》りのお知らせをしているそうだ。

【弟と犬】

新しい家族をむかえたのは、弟の希望《きぼう》だった。

「誕生日《たんじょうび》プレゼントは、犬がほしい！」

兄のぼくも、両親も前から飼《か》いたいと思っていたので願《ねが》いは叶《かな》い、弟の誕生日《たんじょうび》に生後三か月のミニチュアダックスフントが我《わ》が家《や》にやってきた。

名前はキラリ——弟が名づけた。瞳《ひとみ》がキラキラしてる女の子だったから。

まだ小さくておてんばなキラリは、家族が見張《みは》っていないと、家中のものをかじったり、引《ひ》っ張《ぱ》り回したりするから、ちゃんとしつけをする必要《ひつよう》があった。

なので、家族がいない時は、ケージに入れておくことにしていた。

その日はお母さんも仕事で外出していたから、朝からキラリはケージに

入っていた――はずだった。
弟は低学年《ていがくねん》で、ぼくより早く下校。
ぼくは六時間目が終わってから下校。
早く家に帰って、キラリと遊びたいなあ、散歩《さんぽ》もいきたいなあと思って
急いで帰宅《きたく》し、リビングに入ると……。
「えええ……なんだこりゃあ！」
リビングがひどいことになっていた。
クッションは噛《か》みちぎられて綿《わた》が出ているし、観葉《かんよう》植物は倒《たお》されて床《ゆか》に
土が散《ち》らばっている。ほかにもいろいろ荒《あ》らされていて……。
やらかした犯人《はんにん》は、疑《うたが》うまでもないだろう。ぼくは、

弟と犬を叱《しか》った。

意味

弟と犬を、
ぼくが叱《しか》った

意味

犬を、
弟と一緒《いっしょ》に叱《しか》った

――ワンワンワン！

「うわあああああい！」

弟とキラリが、家中を駆《か》けめぐっている。じゃれ合っているうちにエキサイトして、こんなことになったみたいだ。ぼくは、**弟と犬を叱《しか》った**。

「いいかげんにしろぉ！　リビングがめちゃくちゃじゃないか！」

ぼくが叫《さけ》ぶと、弟と犬は、ビクッと体をこわばらせた。

「ご、ごめんなさい……」

――クウウウン……。

反省《はんせい》している彼《かれ》らを、もう叱《しか》る必要《ひつよう》はないだろう。キラリをケージに入れて、ぼくと弟は後片《あとかた》づけをはじめた。


やらかした犯人《はんにん》は、もう疑《うたが》うまでもないだろう。

「キラリ！」

ぼくが叫《さけ》んだ時、カチャ、と玄関《げんかん》のドアがあく。

「ただいまぁ」と弟が入ってくる。

「え、今帰ってきたの？」

「うん。友だちと図書館に寄《よ》ってて……うわっ、なにこれ？」

リビングに入ってきた弟も驚《おどろ》いたようだ。

それからぼくは**弟と犬を叱《しか》った**。

でも、出る時にケージのロックをちゃんとしなかった飼《か》い主《ぬし》も悪いわけで……。

犬と暮《く》らすのは楽しいけど、大変《たいへん》なこともあるなあと実感した。

【伝統《でんとう》の踊《おど》り】

S教授《きょうじゅ》は、日本の伝統芸能《でんとうげいのう》を研究している。歌舞伎《かぶき》や能《のう》といった有名なものだけでなく、日本の各地《かくち》で継承《けいしょう》されている踊《おど》りも調査《ちょうさ》しているのだった。

教授《きょうじゅ》は、とある山奥《やまおく》の村に向かっていた。そこでは江戸《えど》時代から伝《つた》わる踊《おど》りが受《う》け継《つ》がれているという。

「ぜひ一度、見てみたいのですが」

事前にそう村役場に連絡《れんらく》すると、

「少しお時間をいただければ……」

と、担当者《たんとうしゃ》が電話で答えた。

そして指定されたのが、この日の夜だった。

教授《きょうじゅ》は大きな神社に案内《あんない》された。

本殿《ほんでん》の前に舞台《ぶたい》。ここで踊《おど》るのだろうとすぐにわかった。舞台《ぶたい》のまわりに村人たちが集まっている。

村の長老《ちょうろう》が、教授《きょうじゅ》の前に立った。

「ようこそ、お越《こ》しくださいました。私《わたし》どもの村に伝《つた》わる踊《おど》りを披露《ひろう》させていただきます――では」

長老《ちょうろう》の合図で、踊《おど》りがはじまる。

そして……、

昨日《きのう》から練習してきた踊《おど》りを
見せたのだった。

意味

昨日《きのう》から踊《おど》りを練習して、それを見せてくれた

長老《ちょうろう》の合図で、子どもたちが舞台《ぶたい》に上がった。その数は十名ほど。

録音《ろくおん》されていた音楽が流れると踊《おど》りはじめる。

だが、動きがぎこちないと教授《きょうじゅ》は思った。

「すみませんねえ」

長老《ちょうろう》があやまる。

「この村に伝《つた》わる踊《おど》りは、若《わか》い者が踊《おど》ることになっているのですが、みんな都会に出てしまって。それで、村の子どもたちにお願《ねが》いしたのですが、練習する時間がとれず、ようやく昨日《きのう》からはじめたもので」

なるほど、と教授《きょうじゅ》は理解《りかい》した。

子どもたちは、**昨日《きのう》から練習してきた踊《おど》りを見せたのだった。**

意味

練習してきた踊《おど》りを、昨日《きのう》からずっと……

時刻《じこく》は朝の六時。

山奥《やまおく》の村にも朝がおとずれ、太陽の光が差《さ》しこんでくる。

神社の舞台《ぶたい》では人びとが踊《おど》り続《つづ》けていた。

（ね、ねむい……）

教授《きょうじゅ》は後悔《こうかい》していた。

踊《おど》りがはじまったのは、昨日《きのう》の午後九時くらいだった。

夜通し踊《おど》るとは聞いていたが、この時間までやるとは……。

そう、この村の人たちは、**昨日《きのう》から練習してきた踊《おど》りを見せたのだった。**

自分からお願《ねが》いして見せてもらっているのだから、途中《とちゅう》で寝《ね》るわけにもいかず、教《きょう》授《じゅ》は睡魔《すいま》と戦《たたか》うしかなかった。

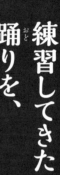

【ウワサの屋敷《やしき》】

町のはずれに、その屋敷《やしき》はあった。

人が住んでいる気配はない。薄気味悪《うすきみわる》い一軒家《いっけんや》だった。

そこへ、二人の男が近づいていく。

「ホントかなあ」

「だと思うよ。見たって人がたくさんいるし」

どうやら二人は、幽霊《ゆうれい》が出るというウワサを聞きつけたらしい。

一人は顔がこわばっているが、もう一人は平気な顔をしている。

「あのさあ、やっぱやめない？」

「いやいや。せっかくここまできたんだから、入ってみようぜ」

そんなやりとりをしていると、突然玄関《とつぜんげんかん》のドアがガチャッとあいた。

「ウワアッ！」と叫《さけ》んで、二人が逃《に》げようとした時、

「あんたら、幽霊《ゆうれい》を見にきたのかい？」

屋敷《やしき》から中年の男性《だんせい》が現《あらわ》れて、そう言った。

「そうですが……」

「あなたは？」

「この家に住んでいる者だよ。幽霊《ゆうれい》が見たいなら案内《あんない》するよ」

家の主人は二人を招《まね》き、庭の見える応接室《おうせつしつ》まで連《つ》れてきた。

そして……、

庭に出た幽霊《ゆうれい》はすぐ消えてしまった。

意味

庭に現《あらわ》れた幽《ゆう》霊《れい》は、すぐに消えてしまった

「幽霊《ゆうれい》が出るかどうかは、時と場合によるけどねえ……。私《わたし》も呼《よ》ぶことはできるけどタダでお見せするというわけには……」

何が言いたいのか二人は察《さっ》した。お金を払《はら》ってほしいようだ。

それぞれ千円を渡《わた》すと、

「ではしばらくお待ちを。庭に現《あらわ》れるんで」

と言って部屋から出ていく。二人が写真を撮《と》ろうと構《かま》えていると……。

スッ、と**庭に出た幽霊《ゆうれい》はすぐ消えてしまった。**

「え～～～？」

それはどう見ても、さっきまでここにいた家の主人だった。

ウワサを利用《りよう》して幽霊《ゆうれい》になりすまし、お金を稼《かせ》いでいるのがバレバレだった。

意味

部屋から庭に出た瞬間《しゅんかん》に、幽霊《ゆうれい》は消えてしまった

この家に住んでいるという男に案内《あんない》され、二人は応接室《おうせつしつ》に向かう。

年季《ねんき》の入ったインテリアが置《お》かれた、お金持ちの部屋といった感じだ。

「幽霊《ゆうれい》は」

「本当に出るんですか？」

二人は半信半疑《はんしんはんぎ》で、主人にたずねる。

「もう出てますよ」

そう言われて彼《かれ》らは部屋中を見回す。幽《ゆう》霊《れい》らしき姿《すがた》は見えないが……。

主人は笑《わら》いながら窓《まど》をあけた。

「まだ気づかないのですか？　私《わたし》が幽霊《ゆうれい》ですよ」

そう言って**庭に出た幽霊《ゆうれい》はすぐ消えてしまった。**

【新しい担任《たんにん》】

新学期。二年生になった帆夏《ほのか》は緊張《きんちょう》していた。

（勉強、大丈夫《だいじょうぶ》かなあ）

（新しいクラスでも友だち、できるかなあ）

（部活に後輩《こうはい》が入ってくるんだよなあ）

さらに気になるのが新しい担任《たんにん》だ。

帆夏《ほのか》のクラスは、同じ市の中学校から転任《てんにん》してきた男の先生だった。

「石塚《いしづか》です。今日からこのクラス、二年C組の担任《たんにん》を務《つと》めます。よろしくッ！」

最初《さいしょ》のホームルームで自己紹介《じこしょうかい》した石塚《いしづか》先生は四十代のベテランといった感じの先生だった。

体育の担当《たんとう》で、学生時代から空手をやってきたという先生。大きくて、強そうだなあと帆夏《ほのか》は思った。

夕方、塾《じゅく》にいくと、いつも隣《となり》の席《せき》で勉強している友だちがいた。

そうだ、と帆夏《ほのか》は気づく。石塚《いしづか》先生は三月まで、この子の中学校にいたんだ。

「ねえねえ。石塚《いしづか》先生ってどんな先生か知ってる？」

「ん〜とねぇ、体育の石塚《いしづか》先生なら、こんなウワサがあるよ」

そう言って友だちは、スマホでＳＮＳを見せてくれた。

《生徒《せいと》から尊敬《そんけい》されているという先生》

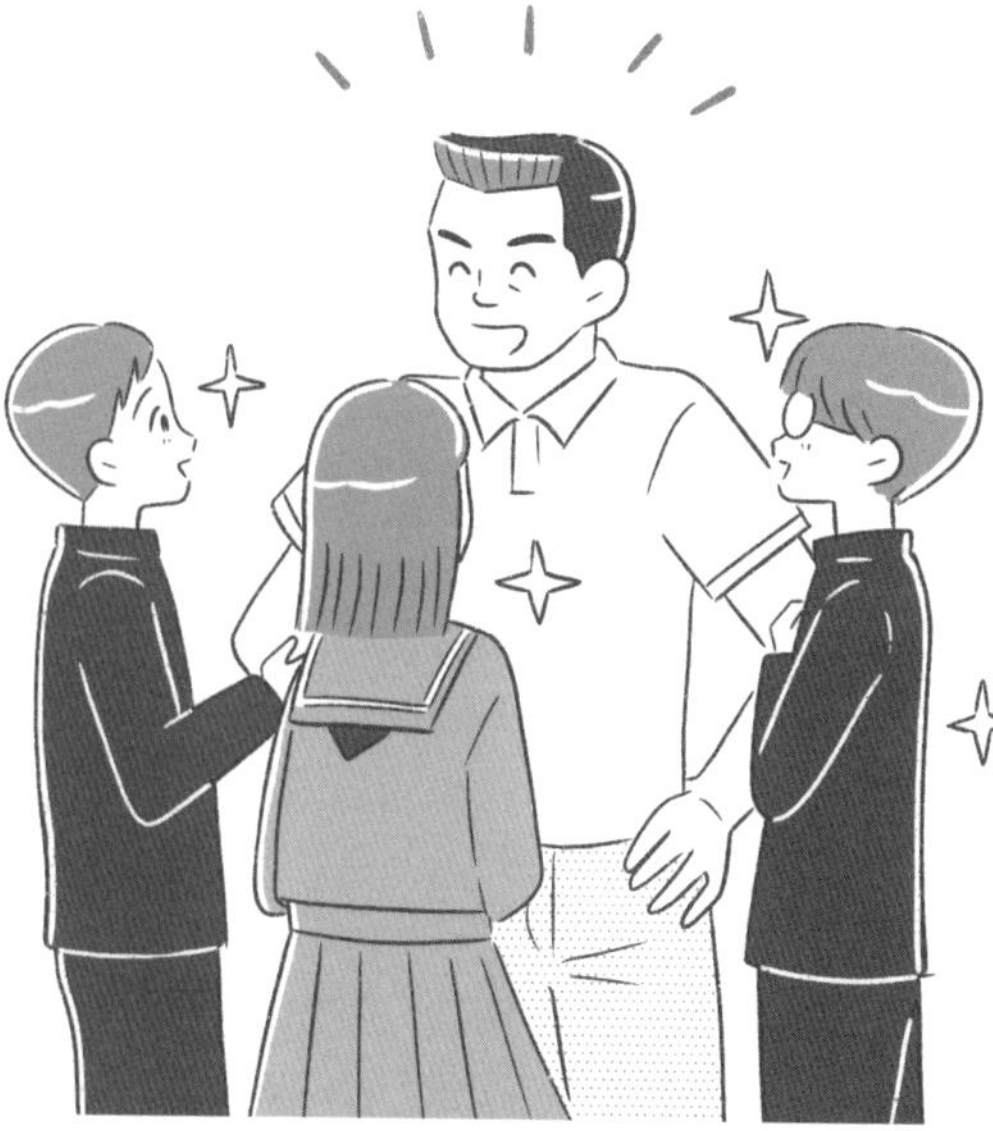

意味

生《せい》徒《と》から尊《そん》敬《けい》されている

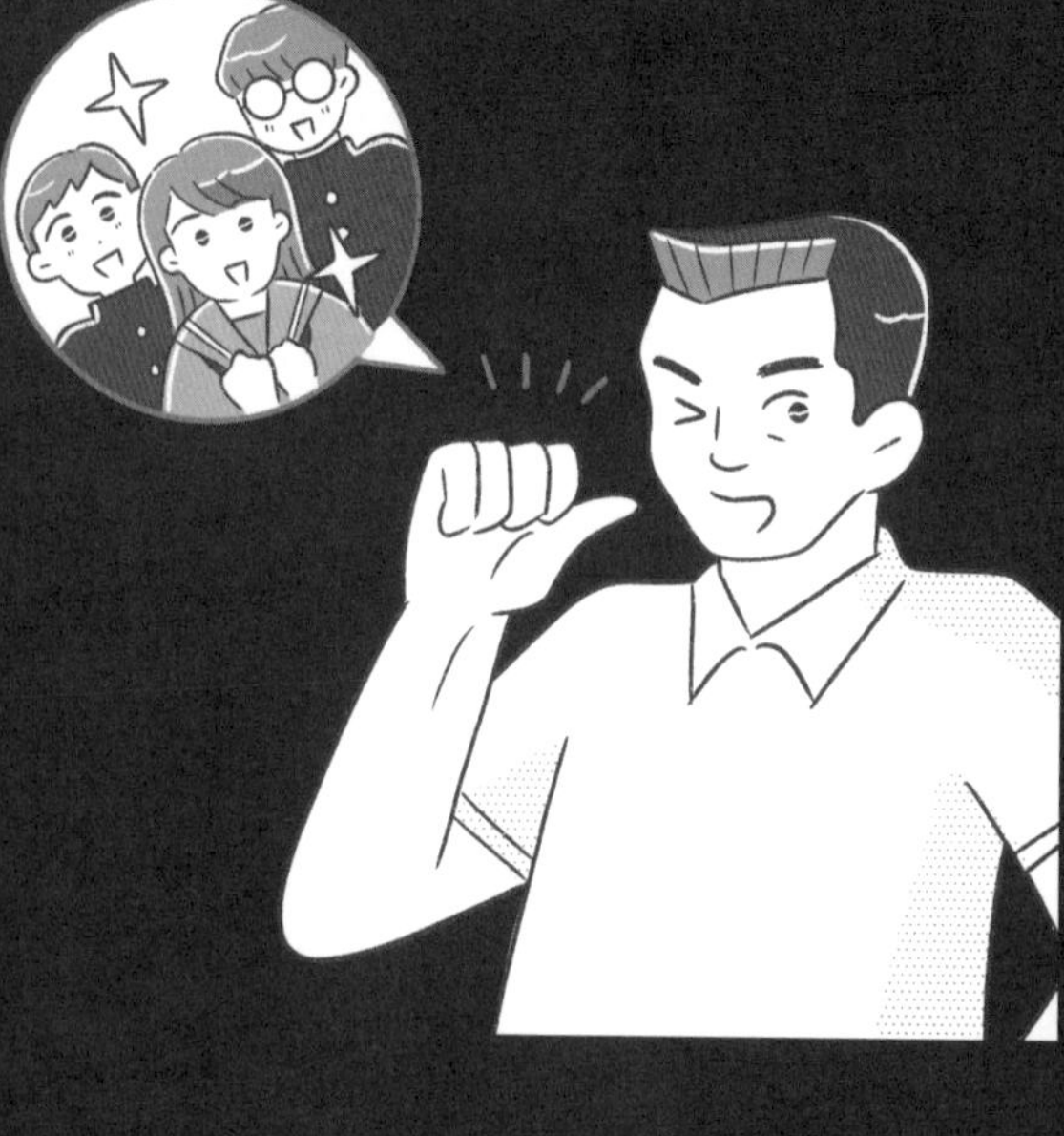

意味

先生が自分で「尊《そん》敬《けい》されている」と言っている

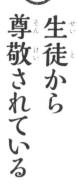

「ん～とねえ、体育の石塚《いしづか》先生なら、こんなウワサがあるよ」

そう言って友だちは、スマホでSNSを見せてくれた。

《生徒《せいと》から尊敬《そんけい》されているという先生》

「これどういう意味？」

「SNSで書かれてる通りよ。石塚《いしづか》先生って、すごく生徒《せいと》のことを考えてくれる先生で、生徒《せいと》から尊敬《そんけい》されてるんだって」

「いい先生なんだね。よかったあ」

「それにあの先生、空手の日本チャンピオンだったから、学校のどの先生よりも強いみたいだよ」

「へええ」

友だちは、スマホでSNSを見せてくれた。

《生徒《せいと》から尊敬《そんけい》されているという先生》

「ふーん。尊敬《そんけい》されてるんだね」

「違《ちが》うのよ」

「え、どういうこと？」

戸惑《とまど》う帆夏《ほのか》に、友だちが説明《せつめい》する。

「友だちが去年この先生のクラスだったんだけど、『私《わたし》はみんなから尊敬《そんけい》されている』って、自分で言ってたらしいのね」

「それって、ナルシストってこと？」

「かもね。でも石塚《いしづか》先生って、生徒《せいと》に裏表《うらおもて》なく接《せっ》するし、天然《てんねん》キャラだからけっこう好《す》かれてるんだって」

「へええ」

【森の中で】

「やっぱ山歩きって楽しいよねえ」

「だね！」

「仕事のストレスも吹《ふ》き飛《と》んじゃう」

ワイワイ話しながら、若《わか》い男女が森の中を歩いている。

彼《かれ》らは同じ会社のアウトドア大好《だいす》きグループで、月に一度はこうしてみんなで一緒《いっしょ》に出かけている。

今回は、都会からずいぶん離《はな》れた山を一泊《いっぱく》二日で歩くというもの。山のふもとの駅で集合して、一日かけて温泉《おんせん》宿に向かう計画だ。

登っていくと森はどんどん深くなり、大きな木々に陽射《ひざ》しがさえぎられて暗くなっていく。

「なんか……不気味《ぶきみ》だなあ」

「ほんとね」

「ここをぬければ、見晴らしのいい高台に出るって。ちょっと急ごうか」

少しこわさを感じた彼《かれ》らは、足を速める。

それでも森は深くて、歩いても歩いても、暗い場所からぬけ出せない。

やがて……ひときわ大きな木が彼《かれ》らの前に現《あらわ》れる。

その根元に、穴《あな》があいていることに一人が気づいた。

「みてみて」

と、仲間《なかま》に告《つ》げた。

意味

「見て！　見て！」と興奮《こうふん》気味に伝《つた》える

木の根元の穴《あな》に、仲間《なかま》の一人が気づいた。

「**みてみて**」と思わず仲間《なかま》に呼《よ》びかけたのは、好奇心《こうきしん》が旺盛《おうせい》な女性《じょせい》だった。

「これって、動物の巣《す》かなあ。何かいそうな気がする」

興奮《こうふん》気味に言うと、彼女《かのじょ》はなんのためらいもなく穴《あな》をのぞきこんだ。

「わぁ、かわいい！」

すぐさまスマホを取り出して、穴《あな》の中を撮《と》る。

「野ウサギだと思うよ。みんなも見て！」

そう言われて、仲間《なかま》たちものぞきこんで「かわいい！」となる。

でも野生動物だから、そっとしておいてあげよう――と彼《かれ》らはすぐに歩きはじめたのだった。

意味

「見てみて……」とビビり気味に伝《つた》える

「うわあ……あれ」

穴《あな》を指さしたのは、こわがりで有名な男《だん》性《せい》だった。

「あの中、絶《ぜっ》対《たい》に何かいるよ……誰《だれ》か、**みてみて**」

「え〜、やだよ」

「自分で見なよ」

仲《なか》間《ま》もこわくなってきたようだ。

だったら……と最《さい》初《しょ》に見つけた彼《かれ》は、スマホを取りつけた自《じ》撮《ど》り棒《ぼう》を伸《の》ばし、離《はな》れたところから中の様子を撮《と》る。そこにいたのは……。

——うわああ！　と叫《さけ》んで、全員がその場から逃《に》げだした。

大きなヘビが、とぐろを巻《ま》いていたのだった。

【ラーメングランプリ】

日本全国のラーメンファンのみなさん、こんにちは！

もはや日本を代表するグルメといっても過言《かごん》ではないラーメン――それぞれ思い入れの強い食べ物であることから、どのラーメンが一番うまいか？　で毎回毎回、白熱《はくねつ》した議論《ぎろん》が繰《く》り広げられております。

今年も、そんなラーメンのナンバーワンを決める「ラーメングランプリ」を開催《かいさい》いたします！

司会《しかい》進行はワタクシ、ラーメンを愛《あい》するフリーアナウンサー、横浜二郎《よこはまじろう》が務《つと》めさせていただきます。

そして解説《かいせつ》は審査《しんさ》委員長であり、日本ラーメン愛好会《あいこうかい》の理事でもあります、タレントのスガキ一風《いっぷう》さんです。どうぞよろしくお願《ねが》いします。

さあて、今年は全国二万店以上《いじょう》あるラーメン店から、自薦他薦《じせんたせん》ふくめて二千のラーメンがエントリーされました。実食されたお客様からポイントをいただく形で一次予選《よせん》、二次予選《よせん》と進み、いよいよ本日、最終決戦《さいしゅうけっせん》に残《のこ》った中から、ナンバーワンが決定いたします。

緊張《きんちょう》と歓喜《かんき》の瞬間《しゅんかん》を、ラーメンファンのみなさんと一緒《いっしょ》にむかえたいと思います。

おっ、ついに——今年のナンバーワンが決定したようです。

結果《けっか》は……どうでしょう⁉

出ましたっ！

あっさり塩《しお》ラーメンに決定

おめでとうございまぁーーーっす！

意味

「あっさり塩《しお》ラーメン」に決定！

意味

塩《しお》ラーメンに、あっさりと決定した

今年のラーメングランプリ。

ナンバーワンは、豚骨《とんこつ》ラーメンチェーンを展開《てんかい》している「うまか星《ぼし》」の**あっさり塩《しお》ラーメンに決定**した。

モニターに映《うつ》しだされたラーメンは一見こってりしているように見えたが、スープをすするとびっくりする。見た目と違《ちが》って、本当にあっさりなのだ。

「いやあ、最後《さいご》まで議論《ぎろん》がわかれたんですが……」

解説《かいせつ》のスガキ氏《し》が語る。

「うまか星の、あっさり塩《しお》ラーメンって、豚骨《とんこつ》にそんなネーミングはありなのか、と言う審査員《しんさいん》もおりましたが、実際《じっさい》食べてみて『これは……』となりました。うまか星さん、おめでとうございます！」


今年のラーメングランプリ。

ナンバーワンは、**あっさり塩《しお》ラーメンに決定**した。

解説《かいせつ》のスガキ氏《し》が語る。

「毎年、さまざまな新しい味のラーメンが登場し、その斬新《ざんしん》さに審査員《しんさいん》の気持ちはもっていかれました。ただ、ここにきて原点回帰といいますか、素材《そざい》そのものの味をしっかりと出しているのは、塩《しお》ラーメンではないか、ということで意見がまとまりました。ですので今年は満場一致《まんじょういっち》、もめることもなく、あっさりと、塩《しお》ラーメンがナンバーワンに決定した次第です」

「なるほど、原点回帰ですか！　さまざまな味のラーメンが注目されましたが、今年はシンプルに塩《しお》ラーメンとなりました！」

【ファッションショー】

パリで開催《かいさい》されるファッションショーは、世界中から注目されていた。

有名デザイナーが手がけた最新《さいしん》ファッションを、スーパーモデルが着《き》飾《かざ》って、ランウェイを歩く。

その様子はテレビやネットで紹介《しょうかい》され、次のシーズンの流行となっていくから、ファッション好《ず》きにとって見逃《みのが》すことができないイベントだった。

「今年はどんな服が見られるのかしら」

「楽しみですな」

会場にはセレブや、マスコミ関係者《かんけいしゃ》が大勢《おおぜい》集まっている。

中でも今年は、ある新人デザイナーが注目されていた。

有名ブランドと専属契約《せんぞくけいやく》を結《むす》んだ彼女《かのじょ》は、まだ二十代。このファッションショーが世界デビューとなる。

天才とも称《しょう》されるそのセンスは、彼女《かのじょ》にしかない独特《どくとく》のものがあると、話題になっていた。

しかも、今回は自分がモデルとなって登場するというから、期待は高まるばかりだった。

ショーが開幕《かいまく》。

自作の服をまとった彼女《かのじょ》がランウェイに登場して、こう言った。

「これが私《わたし》のベストです」

意味

ベストを尽《つ》くした作品です

意味

私《わたし》が編《あ》んだベストです

世界中が注目するファッションショー。

そのランウェイには、天才と称《しょう》される新人デザイナーが、自ら手がけた衣装《いしょう》を身にまとって登場したのだが……。

――ん？

来場者たちは、みな困惑《こんわく》する。

これまで登場した、ほかのデザイナーの服と、そんなに変《か》わらずで……。

「**これが私《わたし》のベストです**」

そう言って彼女《かのじょ》はランウェイを歩く。

「最高級《さいこうきゅう》の素材《そざい》を使い、総額十億《そうがくじゅうおく》円の宝石《ほうせき》を散りばめました。私《わたし》のすべてをかけた作品です！」

どうやら、気合いだけが空回りしてしまったようだ……。


天才と称《しょう》される新人デザイナーが、自ら手がけた衣装《いしょう》を身にまとって登場したのだが……。

「え？」「うそでしょ？」と会場のあちこちから戸惑《とまど》いの声があがる。

彼女《かのじょ》のファッションは、下はジーンズで、上は……。

「**これが私《わたし》のベストです**」

シンプルなピンクのベストだけだった。

だが話を聞くと、作品のすごさがわかってきた。

彼女《かのじょ》は自宅《じたく》で羊を飼《か》い、その毛を自分で刈《か》って洗《あら》い染色《せんしょく》し、毛糸に紡《つむ》いで、手編《てあ》みでこのベストを作ったという。つまり――すべて手作り。

彼女《かのじょ》のベストは、大きな話題を呼《よ》んだ。

【酒好《ず》き兄弟】

お父さんには、三歳《さい》上の兄がいる。

私《わたし》にとって伯父《おじ》さんにあたる人だ。毎年、お盆休《ぼんやす》みにはお父さんの実家——おばあちゃんと伯父《おじ》さん家族が住む家——に里帰りすることになっている。

私《わたし》と弟は、いとこのお姉ちゃんたちとゲームなどをして、楽しくすごしているんだけど、お母さんはいつも困《こま》っていた。

「お父さんと伯父《おじ》さん、兄弟そろってお酒が大好《だいす》きだから、飲みはじめると止まらなくなるのよね」

家では毎晩《まいばん》ビール一缶《いっかん》だけって決められてるお父さんは、実家で伯父《おじ》さんと飲む時だけは、ご機嫌《きげん》になってたくさん飲んでしまうのだ。

「かんぱーい！」

今年のお盆休《ぼんやす》みも広間で宴会《えんかい》がはじまった。五年前に亡《な》くなったおじいちゃんやご先祖様《せんぞさま》たちが写真の中で笑《わら》っていた。

ごちそうを食べたあと、子どもたちはテレビのある部屋でゲームをはじめた。お父さんたちは広間でずっとお酒を飲みながら話していた。

夜も遅《おそ》くなって、私《わたし》たちはもう寝《ね》ようかとゲームをやめた。

お父さんたちは、まだ話している。

「いやいや、もういっぱい」

酔《よ》っ払《ぱら》って、ろれつが回らなくなった声だった。

意味

もう一《いっ》杯《ぱい》だけ、飲みたい

意味

もういっぱいで、飲めない

広間にいくと、テーブルの上には、たくさん並《なら》んだビールの瓶《びん》。

伯父《おじ》さんとお父さんが、真っ赤な顔をして笑《わら》っている。

「まったく……いつまで飲んでるのよ」と、伯母《おば》さんも困《こま》った顔だ。私《わたし》のお母さんも、やれやれといった顔をしていた。

「いいじゃんかよぉ。弟と飲める機会《きかい》なんて、そんなにないんだから」

「そうそう」と、お父さんもご機嫌《きげん》だけど、

「だめよ」と、おばあちゃんが言う。

「あんたたち、飲みはじめたら、きりがないんだから。ほんとに終わりにしなさい」

「**いやいや、もういっぱい**」

「これ飲んだら、終わりにするからさあ」

お酒が好《す》きな兄弟——最後《さいご》にもう一杯《いっぱい》だけ飲みたいみたい。


私《わたし》たちは広間にいってみた。

伯父《おじ》さんとお父さんが、真っ赤な顔をして笑《わら》っている。テーブルの上には、たくさん並《なら》んだビールの瓶《びん》。

「まったく……いつまで飲んでるのよ」と、伯母《おば》さんも困《こま》った顔だ。私《わたし》のお母さんも、やれやれといった顔をしていた。

「ほれ」と、伯父《おじ》さんがお父さんにビールをつごうとする。

するとお父さんは手を上げて、ひらひらとふった。

「**いやいや、もういっぱい**」

そう言うと、テーブルにつっぷして寝《ね》てしまった。

いつもよりたくさん飲んで、お父さんは限界《げんかい》だったみたい。

【湧《わ》き水】

「ふぅ〜、疲《つか》れたね」

「ひと休みしようよ」

ワイワイ話しながら、若《わか》い男女が森の中を歩いている。

彼《かれ》らは同じ会社のアウトドア大好《だいす》きグループで、月に一度はこうしてみんなで一緒《いっしょ》に出かけている。

この日も朝九時に駅に集合。お昼までに山頂到着《さんちょうとうちゃく》を目指していたのだが、思ったよりも急な道で、体力を消耗《しょうもう》していた。

と、一人が何かに気づいた。

「水の音じゃない？」

「上の方からだね」

登っていくと沢《さわ》があり、その奥《おく》には……。

二義文提供：ぱにーに

「水が湧《わ》いてる」

「おいしそう！」

岩の間からこんこんと湧《わ》き水が出ていた。しかも、湧《わ》き水の横にコップが置《お》かれている。飲んでもOKということなのだろう。

「じゃあ休憩《きゅうけい》にして、水をいただこう」

みんなが湧《わ》き水を飲もうとする――と、突然《とつぜん》見知らぬおじいさんが現《あらわ》れて、こう言った。


「これは、ただの水じゃない！」

意味

これは普《ふ》通《つう》の水じゃない！

意味

これは無《む》料《りょう》の水じゃない！

「これは、ただの水じゃない！」

湧《わ》き水の前でそう言ったおじいさんに、グループは戸惑《とまど》う。

「あなたは……？」

「長年このあたりの地質《ちしつ》を調査《ちょうさ》している者ですよ」

「ただの水じゃないって、どういうことですか」

おじいさんは、湧《わ》き水を指さした。

「このあたりは火山だった頃《ころ》の溶岩《ようがん》が、何《なん》層《そう》にも重なってましてね。溶岩層《ようがんそう》の間を長い時間をかけて濾過《ろか》され、湧《わ》き出している水なんです。ミネラルがとても豊富《ほうふ》なので、おいしいですよ」

その言葉通り、湧《わ》き水はとてもおいしかった。

「これは、ただの水じゃない！」

湧《わ》き水の前で叫《さけ》んだおじいさんに、グループは戸惑《とまど》う。

「あなたは……？」

「この山の持ち主じゃ。当然《とうぜん》、この湧《わ》き水も私《わたし》のもの」

「ただの水じゃないって、どういうことですか」

おじいさんは、湧《わ》き水を指さした。

「この水は、先祖《せんぞ》から受け継《つ》がれてきた大事なものじゃ。湧《わ》き水だからといって、よそからきた者たちに、無料《むりょう》で飲ませるわけにはいかん。飲むんだったら、一杯《いっぱい》五百円払《はら》ってくれ」

――高いよぉ……。

【うっかりな弟】

六年二組の仲良《なかよ》し三人組の共通点《きょうつうてん》は、みんな弟がいること。しかも、その弟たちが全員四年生。でもってなかなかの「うっかりキャラ」なのだ。

今日も姉たちが弟のうっかりエピソードをネタにしている。

「先週授業参観《じゅぎょうさんかん》だったじゃない？　うちの弟ってば、お母さんが教室にいるから混乱《こんらん》しちゃって、先生を『お母さん』って呼《よ》んじゃったらしいの」

「なにそれ」「ヤバーい」

話を聞いた二人が笑《わら》いだす。

「お母さん、はずかしかったって言ってた。でも、そんなうっかりなところって、弟らしいなって思っちゃった」

「うちの弟もかなりのうっかりよ。四年にしては大きくて、身長が私《わたし》と同じくらいなんだけど。寝坊《ねぼう》した朝、あわててリビングにあった服を着て学校にいったら、それ私《わたし》のだったのよ。花柄《はながら》のTシャツ」

「なにそれ」「ヤバーい」

「学校で『お姉ちゃんのお古を着せられた』って友だちに言いわけしてたけど、その服、前の日に私《わたし》が着てたし……でも意外と似合《にあ》ってた」

――フフフフ……。

笑《わら》う姉たち。弟たちのうっかりも、いやではなさそうだ。

「二人とも笑《わら》える話だからいいじゃん。私《わたし》の弟もかなりうっかりなんだけど、とくに忘《わす》れ物《もの》がひどくて大変《たいへん》なのよ」

三人目が弟のエピソードを話しはじめる。


「学校に教科書ぜんぶ忘《わす》れて出かけたのよ」

意味

教科書を家に置《お》いたまま、学校に出かけた

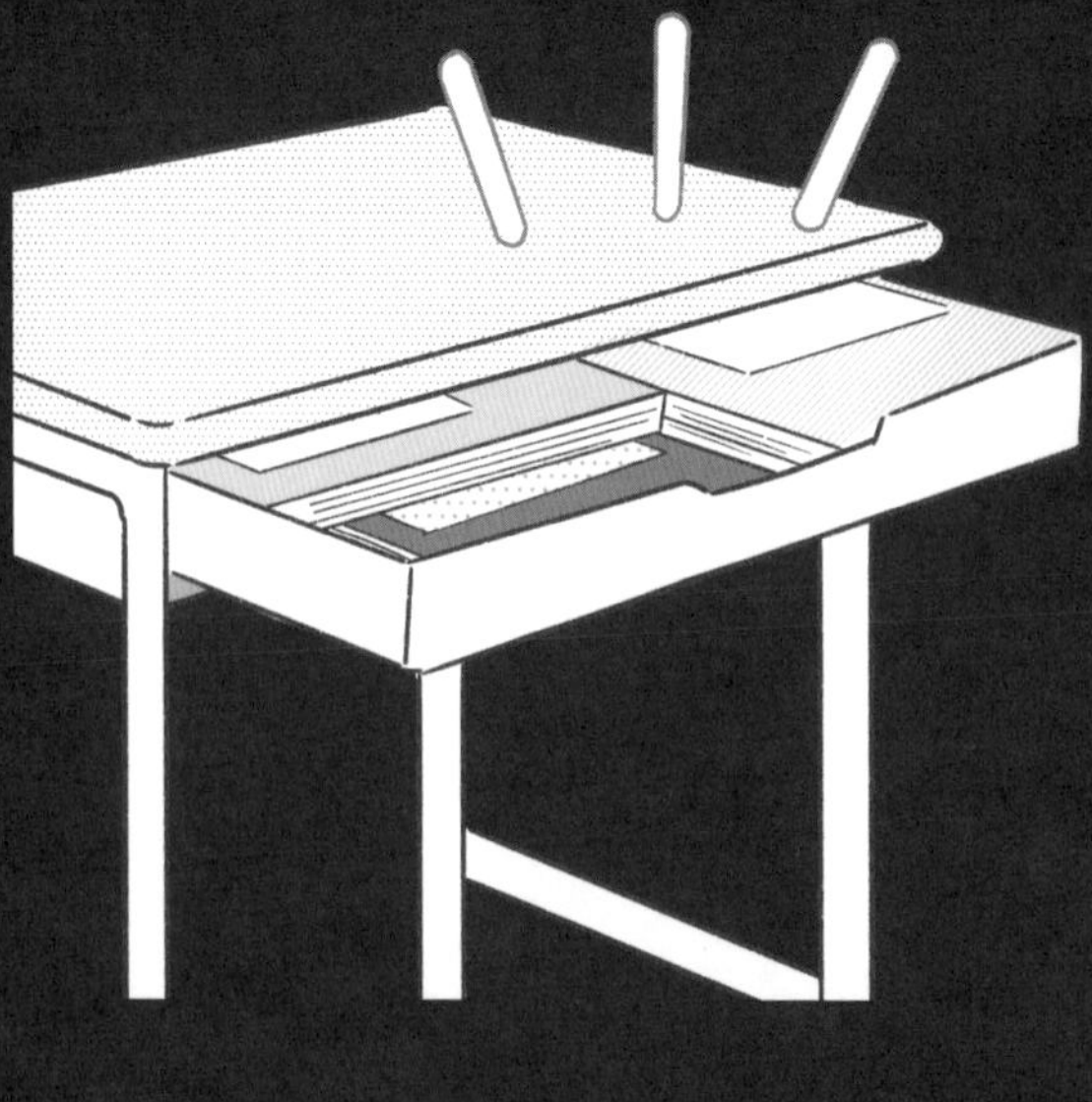

意味

置《お》き勉してる教科書を学校に忘《わす》れて、旅行に出かけた

「教科書をぜんぶって」

「どういうこと」

二人が「？」の顔をしている。

「いつも前の夜に、翌日《よくじつ》の時間割《じかんわり》を見て、ランドセルに教科書を入れておくんだけどね。今朝、『いってきまーす』って私《わたし》より早く家を出たあと、玄関《げんかん》に弟のランドセルがそのまま置《お》いてあって……」

「えーっ！」

「本当にヤバいじゃん」

「つまり、**学校に教科書ぜんぶ忘《わす》れて出かけたのよ**。だから、そのあと私《わたし》が弟のランドセルも持って学校にいかなきゃならなくて……大変《たいへん》だったわ」


「うちの弟って、めんどくさがりなの」

「へぇー」

「そうなんだ」

「ほんとはダメだけど、教科書を机《つくえ》の中に置《お》き勉してるのね。で、こないだ四連休《れんきゅう》があったじゃない。三泊《さんぱく》四日で旅行にいったんだけど、宿題を旅行中にやろうとしてたのに、弟ったら**学校に教科書ぜんぶ忘《わす》れて出かけたのよ**」

「じゃあ、宿題はどうしたの？」

「休みの間は学校に入れないでしょ？」

「私《わたし》が使ってた教科書も残《のこ》ってないし……。だから旅行から帰ってきた夜に、友だちの家までいって教科書をコピーさせてもらって……大変《たいへん》だったわ」

【特別《とくべつ》なプレゼント】

春元孝《はるもとたかし》――その名前を知らない人はいない。

若い頃《ころ》から放送作家として活躍《かつやく》し、ドラマの脚本家《きゃくほんか》としてもヒット作を連発《れんぱつ》。そしてなんといっても今をときめく人気アイドルグループ「サンシャインアベニュー」のプロデューサーであり、彼女《かのじょ》たちの楽曲の作詞《さくし》を手がけていることで有名だ。

春元氏《し》は今、サンシャインアベニューの新曲レコーディングに立ち会っていた。

仕事の合間に、彼《かれ》はスマホをチェックしている。

スマホにはメンバー全員の誕生日《たんじょうび》が登録《とうろく》されており、彼女《かのじょ》たちの好《す》きな食べ物などの情報《じょうほう》も入っている。

(来月は、ミホリンの誕生日《たんじょうび》か……)

二義文提供：猫とひまわり

センターを務《つと》めるミホリンは、グループのエースだ。

来月十九歳《さい》の誕生日《たんじょうび》をむかえるミホリンのために、プロデューサーとしては特別《とくべつ》なプレゼントを用意したいところだ。

メモによると、ミホリンの大好物《だいこうぶつ》はイチゴのケーキか……あ、そうだ！

いいアイデアが思いついた春元氏《し》は、

「ミホリンのことなんだけど……」

と切りだし、スタッフに指示《しじ》を出す。


「来月誕生日《たんじょうび》だから、ホール予約《よやく》しといて」

ミホリンもスタッフも、ファンも驚《おどろ》きの誕生日《たんじょうび》プレゼントとは？

意味

ホールのケーキを予約《よやく》

「ミホリンのことなんだけど……**来月誕生日《たんじょうび》だから、ホール予約《よやく》しといて**」

春元氏《し》はスタッフに指示《しじ》を出す。

スタッフもすでにわかっていたようだ。

「イチゴのケーキですよね。ホールで予約《よやく》しておきます」

「いや、ただのホールケーキじゃなくてね。特別《とくべつ》に……」

ミホリンの十九歳《さい》の誕生日《たんじょうび》。

リハ終了《しゅうりょう》後に照明《しょうめい》が消され、「♪ハッピ、バースデー、トゥーユ～」の歌声が響《ひび》く。ひらかれたドアからイチゴのホールケーキが一つ、二つ、三つと運ばれて……。合計十九台のケーキが彼女《かのじょ》の前に並《なら》べられた。

その様子がSNSでも紹介《しょうかい》され、ファンたちも驚《おどろ》いていた。

意味

コンサートホールを予約《よやく》

「ミホリンのことなんだけど……**来月誕生《たんじょう》日《び》だから、ホール予約しといて**」

春元氏《し》はスタッフに指示《しじ》を出す。

スタッフは、突然《とつぜん》の指示《しじ》に驚《おどろ》いていた。

「来月ですか？」

「ツアー公演《こうえん》の翌日《よくじつ》も同じ会場が空いてるんだ。ミホリンのスケジュールも空いてるし、ソロ公演《こうえん》で大丈夫《だいじょうぶ》。告知《こくち》やチケット発売も間に合うだろ」

ミホリンの誕生日《たんじょうび》当日。

「バースデーコンサート」は、春元氏《し》が考えた特別《とくべつ》なプレゼントだった。

ミホリンはイチゴケーキのコスプレで歌い、ファンたちから「おめでとう！」の祝《しゅく》福《ふく》を浴《あ》びていた。

【神様の声】

「やったあ！」

「とうとう、ついたのね！」

「ああ……よかったぁ！」

村人たちは、よろこびの声をあげる。

ここは、神様が住むといわれている山。ふもとの村から半日かけて登り、ようやく頂上《ちょうじょう》にたどり着くことができる。

それでも、朝から頑張《がんば》って登ってきたのは、『頂上《ちょうじょう》で神様の声を聞けた者は幸せになれる』というウワサを聞いたからだ。

「でも、本当に聞こえるのかなあ、神様の声」

耳をすますが、それらしき声は聞こえてこない。

「そのうち聞こえてくるんじゃないかな」

「とりあえず、昼ご飯《はん》にしようよ。おなかすいたし」

頂上《ちょうじょう》には、ごつごつした大きな石が転がっていた。村人たちはそれぞれ座《すわ》る場所を見つけて食べようとする。

すると、空から声が……。


「一《いっ》緒《しょ》に食べよ」


「え、神様の声？」

「でも、どういう意味？」

意味

「一緒《いっしょ》に食べなさい」と命令《めいれい》する

「**一緒《いっしょ》に食べよ**」

空から声が聞こえてくる。

「その声は、神様ですか？」

「いかにも……」

「一緒《いっしょ》に食べよって、どういうことですか？」

「お前たちは、このけわしい山を一緒《いっしょ》に頑《がん》張《ば》って登ってきたのだろう。なのに別々《べつべつ》に離《はな》れて食べるのは、もったいないではないか。であるから、仲良《なかよ》く一緒《いっしょ》に食べなさいと言っておるのじゃ」

「なるほどぉ～」

「わかりました」

神様の声を聞けた村人たちは、一緒《いっしょ》に食べることにした。

意味

「一緒《いっしょ》に食べよ〜」と誘ってくる

「**一緒《いっしょ》に食べよ**」

空から声が聞こえてくる。

「その声は、神様ですか？」

「そうだよ〜」と、白い服をまとった男の子が空からおりてきた。

（えっ、神様って子どもなの？）

と、全員が驚《おどろ》く……とともに、

「一緒《いっしょ》に食べよって、どういうことですか？」

「あのね。この山にくる人は少ないから、ずっと一人でさびしかったんだよ。ぼくも仲間《なかま》に入れてよ〜」

「もちろん！」

村人たちは、かわいい神様と一緒《いっしょ》に昼ご飯《はん》を食べた。

オリジナル二義文結果発表!!

掲載作品

「メガネを必死にさがしてた」(P.16／あいさん)
→買うメガネか、なくしたメガネか――のちがいで、話が変わるのが楽しいです。

「私のモノマネに興味がなかったんですよ」(P.84／madder さん)
→誰が、誰のモノマネをするかで、別の話になるのが面白い！

「教室に問題はないからね」(P.104／トラノさん)
→「問題」に2つの意味があると気づいたのは、お見事。

「これは、ただの水じゃない！」(P.172／ぱにーにさん)
→「ただの水じゃない」って、そんな展開があるんですね～。

「来月誕生日だから、ホール予約しといて」(P.180／猫とひまわりさん)
→誕生日なので、ホールといえば、ケーキと思いきや……ビックリ！

ささき先生からのコメント

面白いものが多く悩みましたが、「物語にしたら楽しそう」な作品を選びました。

第二巻の刊行にあたり、読者のみなさまから
「オリジナル二義文」を募集したところ、合計231本の
ご応募をいただきました。誠にありがとうございます！
著者のささきかつお先生と、新星出版社編集部で審査をおこない、
5つの二義文を作品にして本書に掲載しました。
ささき先生も「2つの意味の物語」を楽しく作ることができたそうです。
採用作の中には、ほかの話に登場したキャラもいますので
探してみてください。

また、審査をする中で、
ささき先生が考えていた二義文に近いものがありましたので、
あわせてご紹介したいと思います。

「いい加減に作った味噌汁」（矢野龍王さん）
→「適当な答えを与えたのだった」（P.32）とよく似た二義文。

「ぼくのだいすきなおんなのこ」（結城熊雄さん）
→「私が好きなネコと暮らすことにした」（P.44）で、
同じ二義文を考えていました。

たくさんのご応募
ありがとうございました！

『謎解きホームルーム』ISBN978-4-405-07324-1/『謎解きホームルーム2』ISBN978-4-405-07337-1
『謎解きホームルーム3』ISBN978-4-405-07344-9/『謎解きホームルーム4』ISBN978-4-405-07349-4
『謎解きホームルーム5』ISBN978-4-405-07361-6

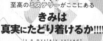

1話10分で解決！ 9作品掲載！
珠玉のアンソロジー
1話
10分
謎解きホームルームシリーズ
一般社団法人日本児童文芸家協会【編】
きみに
この謎が
解けるか!!!!
ヒントはすべて
本の中に!

●著者
ささきかつお

東京都出身。『モツ焼きウォーズ～立花屋の逆襲～』（第5回ポプラズッコケ文学新人賞）で2016年にデビュー。ほかの著書に「謎解きホームルーム」シリーズ（新星出版社）、『空き店舗（幽霊つき）あります』（幻冬舎文庫）、「ラストで君は『まさか！』と言う」シリーズ（PHP研究所）などがある。また、日本語教師として、外国人留学生に会話や小論文などを長年指導している。

●カバー・本文イラスト　松橋てくてく
●カバー・本文デザイン　根本綾子（Karon）

2つの意味の物語
――アイドルの妹は高校生――

2024年 7 月25日　初版発行
2024年 9 月25日　第2刷発行

著　者　ささきかつお
発行者　富永靖弘
印刷所　株式会社新藤慶昌堂

発行所　東京都台東区台東2丁目24　株式会社　新星出版社
〒110-0016　☎03(3831)0743

ISBN978-4-405-07391-3